「もう……インベント」

「炎を吐くオオトカゲ！紛れもなくドラゴンですよ!!」
「お前は……なんで喜んでるんだ？」

【収納《ITEM》空間《BOX》】を極める男

~俺はモンスターを狩りたいだけなのにぃ!~

1

著:森たん
イラスト:もりのみのり

KN
Kinetic Novels

イング王国
アイルド森林警備隊
インベント・リアルト
運び屋の跡取りとして生まれた普通の青年。本来は戦闘向きではない「収納空間」の能力を駆使して、憧れのモンスター狩りに挑む。
ルーン【器】(ペオース)
アイナ・プリッツ
警備隊の倉庫番として働く少女。サボり癖があり、いつものんびりと接してくる。インベントの意外な活躍に驚き、一目置くことに。
ルーン【伝】(アンスール)
【収納《ITEM》空間《BOX》】を極める男
~俺はモンスターを狩りたいだけなのにぃ！~

ノルド
・リンカース
ひとりで森に入る孤独な隊長だったが、なぜかインベントにつきまとわれ、渋々面倒をみることに。モンスターを狩ることに執着している。
ルーン【馬】(エワズ)
ルーン【向上】(テイワーズ)
バンカース
・ハイデンノール
森林警備隊の総隊長。入隊試験でインベントが見せた特殊な能力に驚き、不安を感じながらも入隊を認める。隊員からの信望は厚い。
ルーン【保護】(エオロー)
ロゼ
・サグラメント
期待の新人。プライドも高く、レアなルーンで能力も高いが、インベントやノルドの異常なまでの戦闘力を知り、自身も成長していく。

ルーン【束縛】(ニイド)

contents

— 6 —

1章　運び屋見習いの少年

プロローグ

森林警備隊入隊試験

— 53 —

2章　森林警備隊新人のインベント

オイルマン隊

マクマ隊とノルド隊

お先マックマ

ロゼ・サグラメント

ノルド隊（仮）

— 240 —

書き下ろしエピソード

武器クラッシャーの後始末

— 249 —

3章　ドラゴン討伐

緊急事態

— 307 —

書き下ろしエピソード

探り合いのガールズトーク

【収納《ITEM》空間《BOX》】を極める男
～俺はモンスターを狩りたいだけなのにぃ！～

1章【運び屋見習いの少年】

プロローグ

人は生まれながらにルーンを持っている。

【猛牛《ウルズ》】や【向上《ティワーズ》】のような戦闘向きのルーンや、【癒《ギルフェ》】や【保護《エオロー》】のような後方支援向きのルーン。そして【器《ペオース》】は収納空間を持つことができるルーンである。

収納空間は容量制限や制約はあるものの、モノを出し入れ可能な空間。

収納空間に入れてしまえば、重さを気にすることもなくなり劣化もしない。盗まれる心配もなくなるため貴重品の輸送にも適している。なかなか使い勝手の良いルーンである。

さて、アイレドという町に住むロイド・リアルトは、自身のルーンである【器《ペオース》】を活かし、町から町へ依頼に応じて人でも荷物でもなんでも運ぶ運び屋を営んでいる。彼には一人息子のインベントがいる。インベントの左掌にはロイドと同じルーン文字が刻まれており、彼もまた収納空間を扱えるルーン【器《ペオース》】の所有者である。

ロイドはこの一人息子を跡取りにすべく、インベントの物心がついた頃から運び屋のイロハを教え込んできた。インベントは物覚えもよく几帳面な性格であり、ロイドはこれで自分が引退した後のリアルト家は安泰だと思っていたのだ。――――つい先日までは。

納空間を常に弄っていた気がする）

（この子はおかしい）

馬車で隣町へ向かう途中、ロイドは隣に座るインベントを見てそう思った。いや、ずっと違和感は覚えていたのだが、思春期特有のナニカだと思っていた。そう思いたかった。

（仕事の手伝いはよくやってくれている。口数は少ないが、几帳面で、真面目で……だけど心ここにあらず。最近はずっと収納空間を弄っている。最近……なのか？　今思うと、物心つく前から収納空間を常に弄っていた気がする）

インベントは周辺の警戒をしつつも、現在も右手は常に収納空間の中。なぜそこまでインベントが収納空間に固執するのか、ロイドにはよくわからなかった。

インベントは一四歳。多感な時期であり、様々なことに興味を持ったり、異性に興味を持ってもおかしくないお年頃。ロイドは自身の少年時代がどうだったか思い返してみると小恥ずかしい気持ちになった。

インベントと同様に、ロイドも自身の父から運び屋の仕事を学んできた。とはいえインベントのように真面目ではなく怠けることばかり考えていたし、物覚えも悪く何度も叱られた。そもそも仕事が運び屋でよいのか悩んだ時期もあった。初恋だった女の子が「大工って素敵」と言っていたので、本気で大工になろうとしたこともある。うっかり大切な書類を燃やして大目玉を食らったことや、不用意に背後から馬に近づいて蹴り飛ばされたこともある。

振り返れば失敗だらけだが楽しい青春時代だった。だがどれだけ思い返してみても収納空間に固執した記憶は皆無。ずっと使ってきた収納空間だがそこに特別な感情はない。だが、インベントの全ての執着心は収納空間へ向いているように見える。ロイドは我が子を一つ試すことにした。ロイドは一つ咳払いをして──

「少し……喉が渇いたな」

「ん」

いつの間にか水筒を持っているインベント。まるで始めから手に持っていたかのように。ロイドは眉をピクリとさせながら受け取り──

「おお、ありがとう。……ん～汗をかいた──な」

次の瞬間には清潔なタオルがインベントの手に。

「おお……すまんな。あ～……マレド商会の依頼書は……あ」

すでに依頼書がインベントの手に。ロイドはなぜか冷や汗をかいていた。

（まるで準備していたかのような早業。ありえない……これほど収納空間から素早く物を出せるものなのか？）

収納空間は便利な能力である。それはロイドも【器《ペオース》】のルーン持ちであるから理解しているつもりだ。だがインベントのように反射的に対象物を出せるかと言えば不可能である。収納空間から対象物を取り出す場合、記憶を頼りに手探りで探し当てる必要がある。

(全ての収納場所を記憶していたとしても反射的に出せるものじゃないはずなんだが。よ〜し……これならどうだ?)

「インベント」

「何?」

「あ〜……母さんへの土産、じゃなくて護身用の――」

咄嗟に『護身用のナイフ』と言おうとした次の瞬間。

「ん?」

もう右手にはナイフが握られていた。

「ナイフがどうしたの?」

「い、いや。だ、大事にしろよ。そろそろお前も……一五歳だしな」

「……そう……だね」

一五歳からはいよいよインベントも成人として扱われることになる。

(一五歳になったら本格的に仕事を教えようと思っていることはインベントも理解しているだろう。しかし、最近思い悩んでいるようだ。もしかしたら……なにか他にやりたいことでもあるのかもしれん)

馬車は揺れる。インベント・リアルトの心も揺れていた。

◇◇◇

インベントは夢を見る。幻想的な別世界の夢を毎日見続けている。

製造方法の見当もつかない豪華絢爛な衣装を纏う人々。広大な平原、薄暗い湿地帯、死と隣り合わせの火山地帯。相容れないはずの環境を、瞬間移動する事で渡り歩く。そして瞬間移動した先々で、モンスターを狩りまくる。

夢の登場人物たちは、剣、斧、槍、双剣、弓、ハンマーなど多種多様の武器を使う。見た目も色鮮やかで様々な装飾が施されているが、驚くべきは剣を振るえば火花が舞い、矢を放てば閃光が走る。更に彼らは、どこから入手したのか、爆発物や、凄まじい効果の薬も駆使してモンスターと戦っている。インベントは思う。嗚呼――この世界に行きたい。この世界の住人のようにモンスターを狩る生活をしたい。インベントは夢の世界の虜になっている。

だがインベントは知らない。インベントが見ているのは、多人数同時参加型の大人気ゲームである『モンスターブレイカー』の世界なのだ。

しかしインベントの住む世界にはテレビをはじめとした電化製品が存在せず、当然テレビゲームも存在しない。実はプレイヤーが存在し、活き活きとモンスターを狩っている人たちは、プレイヤーに操作されている存在であることも知らない。

(どうにかしてこの素晴らしい世界に行けないだろうか。仲間と一緒にモンスターを狩りまくるこ

の世界――『理想郷《イングワズ》』に）

インベントが住む世界では、死んだ者の魂は『豊穣神《イング》』が統治するイングワズという場所に行くと信じられている。イングワズは全てが満たされた理想の世界であり、永遠の安息が待っているとされている死後の世界。『豊穣の大地』、『大いなる希望』、『理想郷』など様々な別名がある。

モンスターを狩りまくる夢の世界は安息とは程遠いが、インベントにとって理想の世界であることは間違いなかった。可能ならば生きているうちにどうにかして行ってみたいが、死後の世界でも構わないから実在していてほしいという願いを込め――インベントは夢の世界を『理想郷《イングワズ》』と呼ぶことにしている。

◇◇◇

月日は流れインベントの一四歳、最後の日。馬車に揺られアイレドの町へ戻るインベントとロイド。アイレドの町はインベントと家族が住む町である。

（今朝の夢も素晴らしかったな……）

夢の世界――『理想郷《イングワズ》』を思い返すインベント。

漆黒で巨大なトカゲのようなモンスターが爆炎を撒き散らしながら大暴れ。対する人間はたったの四人。だが双剣使いは華麗にモンスターの攻撃を避けつつ攻撃し、太刀使いは攻撃の合間を縫って強烈な一撃を喰らわせる。後衛も巨大な弓矢のような武器で的確にモンスターを射貫き続け、ついにはモンスターを狩ることに成功した。

（俺も……カッコよくモンスターを狩ってみたいなぁ）

モンスターは雄大で魅力的だが、狩りをする人たちもまた、様々な武器を使いこなし格好が良い。

ああやって、自分の力で巨大なモンスターをたおせたら、どれほど気持ちがいいだろう。インベントの頭の中は常に『理想郷《イングワズ》』でいっぱいだ。だからこそ将来のことを――父のことを思うと憂鬱になる。

（明日で……一五歳か）

インベントは馬車を操る父を見る。インベントは父の思いを理解しているつもりだ。だが、やりたい仕事は運び屋ではなかった。

（言わなきゃ……な）

決意を固めるインベントだが、そんな時――

「おお～い」

逆走してくる馬車の主が手を振っている。ロイドが「どうしました？」と声をかける。

「モンスターが出たそうで、通行止めだってさ」

「おっと、そりゃ困りましたな」

「ははは、商売あがったりだ」

ロイドは仕方なく、宿場町へ戻るよう馬に指示を出す。インベントは振り返り、「モンスター」と呟く。ロイドは明るく溜息を吐いた。

「モンスターが出たんじゃ仕方ないな。しかしまあ、一四歳最後の日を家で過ごせないのは残念だな」

「ああ、母さんには悪いことしたね」

「まあ仕方ないさ。これも運び屋の宿命だ」

宿場町へ到着する頃には夕刻になり、町の周囲を青白い炎の篝火《かがりび》が照らしていた。青白い炎は【灯《カノ》】のルーンで灯された炎であり、実際の炎のように物は燃やせないが、モンスターを遠ざける効力があるとされている。定期的に【灯《カノ》】のルーンを持つ者が灯しに来ているのだろう。

「ご苦労様です！」

町の入り口で弓を持った女性が快活な声で挨拶した。ロイドは「はい、どうもありがとうね」と小さく手を振る。インベントはじっと女性を眺めていた。正確には女性の掌を。

（あのルーン……【弓《ユル》】か。モンスターが来ないように夜警したりしてるのかなあ。あんな小柄なのに弓でモンスターと……羨ましいなぁ……）

【弓《ユル》】のルーンは文字通り、弓の扱いに長けた者が持つルーンである。インベントが眺めている女性は若く、インベントとほとんど年も変わらないように見えた。じっと眺めているインベントを見て、ロイドは感慨深そうに話す。

「あの子、インベントより一歳お姉さんなんだよ。一年前はもっと初々しかったのに立派になったなあ」

「あ、そう」

「一年なんてあっという間だな。明日でインベントも一五歳か。大きくなったもんだなあ。……そろそろ、明日からのことを話さないといけないいな」

「あっ！」

運び屋の仕事を継ぎたくないと正直な気持ちを言わねばと、インベントは焦る。ロイドは、焦るインベントを見て少し笑った。そして――

「やっぱり……何か――やりたいことでもあるのか？」

「え？」

「いや。最近考え事をしているように見えたからな。運び屋の仕事以外にやりたい仕事でもあるのかと思ってな」

大人な対応をしているが、ロイドは内心冷や冷やしている。なにせ大事な後継ぎである。だが、頭ごなしに否定して逆に反抗的になられても困る。まずは話を聞き、やりたい仕事とやらを確認し、理解のある父親であることを態度で示しつつ、優しく諭す作戦だ。

「あ、ああ。うん。そうだね」

「そうかそうか」

ロイドはニッコリと笑った。

「それで、お前はなんの仕事がしたいんだ？」

「ええ〜っとねえ……そのお……」

照れるインベント。その様子を不思議そうに眺めるロイド。

（この子が考えていることは正直よくわからん。そんなに言いにくいなんて……一体どんな仕事がしたいんだ？）

インベントは恥ずかしそうに切り出した。

「俺——森林警備隊に入りたいんだ」

森林警備隊入隊試験

「それじゃあ行ってくるね」

インベントの言葉に、ロイドはにこやかに「行ってらっしゃい」と言い、母のペトナは渋々「頑張ってきなさい」と言った。インベントは意気揚々と、森林警備隊の入隊試験に出掛けていった。そして——

「アンタァ！　なんで止めなかったのよ‼」

ペトナは激怒し、ロイドに掴みかかる。

「はっはっは、まあまあ落ち着けペトナ」

余裕たっぷりのロイドはペトナの肩をぽんぽんと叩いた。

「インベントが仕事を継がないなんて聞いてないわよ!?　あんたも継がせるつもりだったんでしょ!?」

「ふふふ、まあ聞け。ペトナ」

余裕たっぷりのロイドに、ペトナは怪訝な顔をした。

「何よ？」

「森林警備隊の仕事を知っているか？」

「そりゃあ知ってるわよ。町の平和のために、モンスターと戦うお仕事でしょ？」

「その通り！　俺も仕事柄よく知っている。モンスターのせいで足止めされることが多いからね」

ペトナは首を傾げた。

「だからなんなのよ？」

「森林警備隊ってのは、モンスターから町を守る重要な仕事だし、運び屋の仕事は森林警備隊と関わることも少なくないからね、私の知らぬうちに憧れてしまったのかもしれない。それに、命がけであるが故に給金も良い。だからこそ……入隊試験はかなりの倍率になる」

「倍率……」

ロイドはにんまりと笑う。そして両手を拡げ、舞台役者のように高らかに声を上げた。

「ふっふっふ〜！　森林警備隊には毎年、腕自慢の猛者がたくさん集まるんだよ。さて問題だ！　インベントは果たして強そうかな？」

ペトナは納得した。そして「ああ～」と嬉しそうに頷いた。

「わかったみたいだね。インベントは腕っぷしって意味ではからっきしだ！」

「うんうん！」

ロイドは更に饒舌になる。

「おっと～！　当然インベントは素晴らし～い息子だ。だがね、森林警備隊に向いているとは到底思えない。ルーンが身体能力を高める【向上】や【猛牛】ならまだしも運び屋にぴったりな【器】だしなあ。だからひじょ～に残念だが、今日の試験は落ちるだろう」

「そうねそうね！　ほんと～うに、残念ね！」

ロイドは指をパチンと鳴らす。

「落ちてからわかるだろう。『ああ、パパ！　僕の天職はやっぱり運び屋だったんだね！』ってな！」

「すごい！　さすがだわ！」

「ふっふっふ、はーっはっはっは！」

――リアルト夫婦は今日も幸せである。

インベントが生まれ育ったイング王国は、国土の大半が森林地帯である。インベントたち家族の住むアイレドの町も例外ではなく、その周辺は木々に覆われている。

二〇〇年以上前に建国されたイング王国は自然豊かなだけではなく鉱物資源にも恵まれた国である。周辺諸国からすれば喉から手が出るほど欲しい場所と思いきや、建国以来大きな戦いは一度も起きていない。その理由はモンスター出現率が非常に高いことであり、気軽に攻め入ろうものならば森に潜むモンスターに返り討ちにあってしまう。お陰で周辺諸国からの侵攻はないが、当然モンスター対策は必須である。イング王国発展の歴史はモンスター対策の歴史と言っても過言ではない。

町を新たにつくろうとしても一筋縄ではいかない。モンスターが蔓延《はびこ》る森の中で野宿はできないため、まずは街道をつくり、その間に物資や人員の準備を進めておく。そして準備が整えば可能な限り大所帯で新たな町となる場所へ向かう。人数が多ければ多いほど、モンスターは警戒し近寄ってこないからである。

そんな背景があり、イング王国は王都エルダルバーフを中心として、蜘蛛の巣状に町が拡がっているが、隣町は必ず馬で駆って一日の場所にある。それ以上遠い場所に町をつくりたくてもつくれないのだ。

そしてモンスターの脅威に対抗するための組織が森林警備隊。過去には壊滅的な打撃を受けた町も存在するが、苦い経験を糧にして森林警備隊はモンスター対策のノウハウを確立してきた。現在では町に近づくモンスターを狩るのではなく、モンスターが町に近づかないように巡回し、町の周囲が人間のテリトリーであることを誇示する方法が主流になっているのだが……森林警備隊は、積極的に森の中に分け入り、モンスターたちをバッタバッタと狩りまくる仕事——とインベントは思い込んでしまっている。

「おお……混んでいるな」

インベントは意気揚々と入隊試験会場までやってきた。両親に反対されるかと思いきや、全く反対されなかったことが逆に気がかりではあるものの、モンスターを狩る生活が待っているかと思うと嬉しくて仕方がない。

入隊試験会場には一〇〇人以上の参加者が集まっていた。大半は一五歳になったばかりの面々だが、昨年落ちて再度入隊試験を受ける人もちらほらいるようだ。

「緊張するなあ。まあこれだけいれば合格できるかな？」

人数が多いことで安心しているインベントだが、まるっきり見当違いである。森林警備隊は給金が高く人気の職業であり、倍率は非常に高い。父のロイドはこのことを知っていたが、あえてインベントには教えなかった。間違いなく落ちると確信しているからだ。

「とにかく列に並ぼう！」

力自慢が並ぶ中、華奢なインベントも列に並ぶ。場違いだが気にしない。

(早くモンスター、狩ってみたいな〜)

インベントは、それしか考えていない。入隊志願書を持ち、自身の順番を今か今かと待ちわびるインベント。受付は二つに分かれており、空いた側に呼ばれる仕組みである。右側には大人の魅力たっぷりで蠱惑的な女性、そして左側は栗毛のポニーテールで非常に小柄な女性。インベントは左右の女性を眺めながら――

（左がいい。左で受付したい！）

そう思い熱視線を送っていた。すると「は～い、次の方～」と左の女性が手を挙げた。インベントは「はいはーい！」と笑顔で受付の前に向かった。

（かったる～い。帰りた～い。めんどくさ～い）

受付の女性の名はアイナ・プリッツ一八歳。アイレド森林警備隊に入隊してまだ半年の新人である。受付役なんて本当はやりたくはないのだが、新人ゆえに押し付けられてしまった。仕方なく機械的に受付業務をこなしていたアイナ。口角をすこしだけ上げ、ぎりぎり笑顔に見えるか見えないかの省エネな表情。

だがインベントが目の前にやってきたとき、その笑顔がキョトンとした表情に変わった。

「お、お願いします！」

インベントが入隊志願書を渡してくる。受け取ったアイナは、目をパチクリさせ志願書とインベントを交互に眺める。そして軽く頭を掻いた。

「え～っと……君って後方支援希望だったりする？」

「え？　違いますよ。前線希望です！」

迷いのない目にアイナは「あ～そう」と言う。笑顔のインベントにつられてアイナも苦笑いを浮かべた。

（この子……絶対なんか勘違いしてんな。ひょろっひょろじゃねえか。こんな細い腕じゃ剣も振れないだろ……掌も女の子みたいに綺麗だし、弓を使う手でもない。んあ？　なんだコイツ？　冷やかし？）

アイナは考える。どう見ても戦える身体ではない少年がなぜここにいるのかを。

「あ！　わかった！　なんかレアなルーンなんだ！　例えば……【雹《ハガル》】とか？」

「いえ、【器《ペオース》】ですけど」

「ぺ、ぺ、【器《ペオース》】？　まさか、それだけ？」

「はい」

インベントは掌を見せ自身のルーンが【器《ペオース》】であることを堂々と明かす。アイナは開いた口が塞がらなくなってしまった。【器《ペオース》】は戦闘向きのルーンではないからである。

（戦闘向きルーンでもないし、こんな弱そうなヤツがなにしに来たんだよ！　ったく～かったるい～。諦めさせて帰らせたほうが……）

悩むアイナだが後ろから「ちょっとアイナさん」と受付責任者から声をかけられる。インベントに対し時間をかけ過ぎているからである。アイナは「もう終わります！」と満面の笑みで返す。

（あ～もう！　知らん知らん！　アタシに関係ないし――！）

アイナは満面の笑みのまま――

「それじゃあ～、あっちの部屋に入って試験受けてくださ～い。頑張ってくださいね～」

「あ！　わかりました！」

やっとインベントの番が終わり、盛大にペースを崩されてどっと疲労を感じるアイナ。インベントが一度振り向いたので笑顔で返す。

（つたく……変な奴だった。さっさと落ちて帰れ帰れ）

インベントは後ろ髪を引かれる思いだが試験会場へ向かうことにする。

（いや～可愛かったなあ）

インベントはアイナに一目惚れしていた。だがそれは女性としてではない。

（むふふ、さっきの人、『理想郷《イングワズ》』で人間と一緒に暮らしている猫人族《ネコさん》たちになんか似てたな～。小さくて、あのフワフワの髪の毛もなんだか猫っぽくて）

猫人族《ネコさん》は『理想郷《イングワズ》』で人間と共存し良好な関係を築いている種族である。会話はできないようだし、彼らが一緒にモンスターを狩ることはないが、拠点で料理を作ったり鍛冶をしてくれる縁の下の力持ち的な存在だ。そして見た目はとても可愛らしく、インベントのお気に入りだった。

（いや～幸先いいな。このままモンスター狩りに行きたい気分だ。そういえば……試験って何をするんだろうか？　最初はペーパーテストかな～？　ふふふ～ん）


森林警備隊、入隊試験会場。いつもは訓練場として利用されており、広々とした空間である。

「うがあああぁ!!」

身長二メートル近い大男が巨体に見合った木製の大剣を振り回し、試験官らしき男に飛びかかっている。

「ははは！　足元がお留守だぞ〜？」

試験官は木剣の腹で大男の足を優しく払い、躓《つまず》かせた。試験官の名はバンカース・ハイデンノール。アイレド森林警備隊の七〇名以上いる隊長を取りまとめる、総隊長。つまりこの町の森林警備隊トップの人物だ。

「ほらほら、どうしたどうした？」

「く、クソがああ‼」

大男が力一杯振り下ろした攻撃をバンカースは軽く受け流す。勢い余って大男はすっ転んだ。

「はい、ここまで。お疲れさん」

バンカースは、呆けている大男に笑いかけながら手を差し伸べた。

「え〜っと、君はゴルゲウス君だったね。ちょ〜っと力任せ過ぎるな。もうちょっとフットワークを軽くしたほうがいいし……なんというかもう少し頭も使おうな」

「う、ウス」

アドバイスをしつつバンカースはゴルゲウスの評価を記入していく。

（身体は大きいが、ゴルゲウス君はギリギリアウトってとこか。冷静さが足りないし、隊長の命令無視したあげく先走って死んじまいそうだ。それに、勢いあまってとはいえ、総隊長に向かって『ク

ソ』はなぁ。う～ん……一応補欠候補にはしておくか）

「それじゃあ合否は三日後掲示板に貼り出すからね」

「ウス」

ゴルゲウスは入隊試験を終え、去っていく。

「はい、次の人～」

（な、ナニコレ？）

インベントは、そのバンカースとゴルゲウスの様子を見て狼狽していた。入隊試験が模擬戦形式で行われることを知らなかったからだ。ちなみに父ロイドは知っていたが、落ちて欲しかったためやはり教えていなかった。

（な、なんでモンスターを狩るための森林警備隊で、対人戦をしないといけないの？　模擬戦するならモンスター相手でいいじゃないか！）

少し考えれば分かったであろう事実に気付き、インベントは心底慌てていた。

確かに森林警備隊に求められる強さは対モンスター相手の強さで間違いない。とはいえモンスターと直接戦わせるわけにもいかないため、試験官と模擬戦をすることが通例となっている。特にアイレド森林警備隊では毎年、総隊長であるバンカースが試験官を買って出ているのだった。

（ど、どうしよう！　と、とにかく準備しなくちゃ！）

幸い、インベントの順番はまだまだ先だった。他の面々も、自身の番を待ちつつ武器の準備や模擬戦の見学をしている。

会場の中心でバンカースが模擬戦をしているが、その周りの壁には多種多様な練習用武器が用意されている。他の面々の行動を盗み見るに、どうやらこれらの武器を使って模擬戦に参加するらしい。各々好きな武器を手に取り感触を確かめている。

インベントはとりあえず近くにかかっていた木剣を手に取ってみたが、重すぎてまともに扱うことができない。インベントの肉体は、戦うにはあまりにも華奢だった。更に剣の訓練もほとんどしたことがない。そもそも武器と言える武器は護身用のナイフを多少練習した程度。インベントは不安を覚えていた。不安の理由は想定外だからである。しかしながら想定外だったのは模擬戦をすることよりもその相手――

（やばいな～。モンスター相手しか想定してないんだよね～。相手が人間のときは、小型モンスターだと思っておけばいいかな？）

インベントは『理想郷《イングワズ》』で人間同士が戦っている場面を、一度も見たことがなかった。技の修練をしている場面を見たことはあるが、相手はモンスターを模した巨大な置物だった。そのため、モンスターを狩るための組織である森林警備隊で、対人戦をするなど想定外だったのだ。

（まあ色々武器や盾も置いてあるし、駆使してがんばるしかないな～。これもモンスターを狩るためだ！　よ～し！）

インベントはギリギリまで模擬戦の事前準備に時間を費やした。そしていよいよインベントの番がやってくる。

「はい、次～八九番の人は……」

バンカースの声に反応し、インベントは緊張気味に「はい！」と応えた。

「次は君か？」

「はい！　インベント・リアルトですッ！」

バンカースは眼を見開いてインベントを観察する。

（こりゃまた随分細い子だな。試験会場間違ってないか？　う～ん……いやいや、レアなルーンかもしれん）

受付のアイナと同様のことを考えるバンカースだが、先入観を持ちすぎてはいけないと思い頭を振った。ダイヤの原石かもしれないからだ。しかし――

（でもなあ……。ぷふふ）

バンカースは頬を緩め――

「ちょ、ちょっと聞いていいかな？」

「はい？」

「なんで……二刀流なのかな？」

インベントは両手にどちらも小ぶりな木剣を持っている。実にコンパクトな木剣であり、インベントが両手で持てばなんとか使えそうだが、あえて片手持ちしている。

「あ、あれ？　だ、ダメでしたか？」

「い、いや、構わん。ここにある武器は好きなものを使って構わない。構わんが……しっかり持てないぞ？」

「あ！　えへへ」

インベントの握力、特に利き手ではない左は片手で木剣を持つのがやっと。なんとも不格好な二刀流。ちなみにインベントの身長は一七〇センチの体重は五八キログラム。少し痩せ気味ではあるものの一般的な肉体である。ただ、戦うにはやはり線が細すぎるのだ。

「あ、あの！」

「ん？」

「一つ質問なんですけど、この試験はどうすれば合格なんでしょうか？」

「む？　知らんのか？　すまんすまん。周知の事実だと思ったが受付で説明させるべきだったな。これは模擬戦形式の試験だ。合否は様々な適性から判断させてもらうが……やはり強さ、腕っぷしは重要だ。俺を満足させられる強さだったらオッケーってとこかな」

「なるほど……反則はありますか？」

インベントから「反則」の二文字が出てきたことに、バンカースは驚く。

「反則か……特にないぞ。俺はやらないが、目潰し、金的、なんでも構わん。何をやってきてもいい。勿論二刀流もオッケーだ」

「そうですか。何をやってもいいんですね。ありがとうございます。もう大丈夫です」

「……そうか」

バンカースは少しだけゾクリとした。

(反則のことを聞いてくる時点で、何かやってくるのは明白だな。しかしまあ……ちょっと楽しみだな。ふふ、どんな攻撃をしてくるんだか)

バンカースはインベントの体を観察し、どんな奇手を打ってこようが容易に対応できると判断した。

「それじゃあ始めるか。さ、いつでもどうぞ」

インベントは「はい」と応えて息を吐いた。

(対人戦は想定してなかった。けど……今できることをやろう。全ては――モンスターを狩るために)

インベントは両腕に力を込めた。インベントの第一手、それは――

「ハッ!!」

インベントは左手の木剣を投げた。バンカースは「お?」と笑みを浮かべる。

(なるほど、投げるための二刀流ね。おもしろい)

バンカースはいとも簡単に短剣を振り払った。

(悪くねえけど、さすがに筋力不足だな。あんなフワっと投げられてもなあ。虚は突かれたけど、どうってことは……え？）

　インベントは右手に持っていた剣を両手で握りしめ、こちらも投げた。

（おいおい！　右も投げちゃったよ！　はは！　中々面白いな。だけどどうするんだ？）

　インベントは武器を失ったが、そのまま突っ込んでくる。そして右手を大きく振りかぶる。

（徒手空拳？　それはさすがに――）

　バンカースは油断していた。いや、目の前の貧弱な少年を警戒しろというほうが無理である。

（む!?）

　バンカースは妙な違和感を覚え身構える。そしてインベントの攻撃をなんとか回避した。

　バンカースは、まるでインベントの腕が急激に伸びたのかと錯覚する。インベントの右手には、いつの間にか槍が握られていた。

「な、なにぃ？」

（や、槍を隠し持っていた？　ま、まさか仕込み槍!?　いやいや、あれは訓練場の槍だ。ど、どこから出てきた!?）

　徒手空拳かと思いきや、まったく予見できなかった槍の攻撃。バンカースは観察眼に優れた男である。そんなバンカースを完全に出し抜いた一撃。なにせ槍はインベントの身長ほどあり、隠し持つなど不可能に見える。

　インベントはあえてルーンの印を見せるはずもなく、バンカースはインベントが収納空間を操る

【器】であることを知るよしもない。【器】で収納空間を開くためには、空中に三〇センチほどの円形の入り口を出現させるのだが、右腕を振りかぶることで槍を出す瞬間を巧妙に隠したのである。槍を取り出すと同時に突き攻撃を繰り出したことで、バンカースからはあたかもインベントの腕が伸びたように見えたというわけだ。

（くそ……躱された！）

バンカース同様、インベントも驚いていた。槍による奇襲は、僅かな時間で練った虎の子の作戦だった。両手の剣を投げ、何も武器を持っていないフリをしてからの槍による強襲。バンカースに自身のルーンが【器《ペオース》】であることが知られていないからこそできる、たった一度の奇襲。

（収納空間からの武器変更はバレちゃっただろうなあ……さすが試験官さんだ）

タネのバレた手品はもう使えないと、インベントは思っていた。だが、実はそんなことはなかったようだ。

（ど、どこから槍を出した？　背中に隠していたのか!?）

インベントのルーンが【器《ペオース》】であり、収納空間から槍を出した事に未だバンカースの思考は至っていない。理由としてはまず【器《ペオース》】は戦闘向きではないとされている。更にバンカースはこれまで様々な相手と戦ってきたが、収納空間を駆使する相手は誰一人としていなかった。当然想定もしていない。

そして極めつけはインベントの早業にある。インベントは、戦闘中に収納空間を利用することを想定してこれまで生きてきた。いかに速く、いかにスムーズにモノの出し入れができるかに異常にこだわってきたのだ。

なぜなら『理想郷《イングワズ》』の狩人たちは、瞬間的に装備やアイテムを出し入れしているからだ。『理想郷《イングワズ》』では武器や防具を瞬時に換装するのが当たり前のようだった。装備品以外にも何もない空間から様々なものを出し入れする様を見ながら、『理想郷《イングワズ》』の人たちもきっと、自分が持つ【器《ペオース》】のような収納空間を持っているとインベントは確信していた。

(もっと素早く、もっと正確に出さないと……)

インベントにとって『理想郷《イングワズ》』は、死後の世界だったとしても実在してほしいと強く願う、憧れの世界。そんな憧れの世界の狩人たちを基準に、インベントは収納空間を徹底的に研究しつくしてきた。その異常なまでのこだわりを知らぬバンカースは、ただ収納空間から槍を取り出す行為でさえ、無から槍を創造したかのように感じてしまったのだ。

結果、バンカースは思い至らない。この戦いの中でインベントが【器《ペオース》】のルーン持ちであることに。

(くっそ！　呆けちまったが……これで!!)

バンカースは華麗に槍を剣で弾き飛ばす。

(これで丸腰！　終わりだ！)

通常の模擬戦は武器を失った時点で負けは確定する。だがインベントは手から離れた槍を見もしない。インベントにとって、武器など使い捨てであり、執着心はゼロ。手放した槍などどうでもいいのだ。

バンカースは模擬戦の終わりを確信しているが、インベントは全く戦意を喪失していない。インベントは後方に飛び跳ねながら、追撃を避けるために左手からあるものをバンカースの顔に目掛けて投げた。バンカースは予想外の飛翔物に驚き、すぐさま左手で叩き落した。

「な、なんだ!?」

バンカースは叩き落した飛翔物を見て驚愕した。

(た、盾ェ!?)

インベントが咄嗟に投げたのは小さな盾だった。

(盾を隠し持っていやがった？　服の中にでも入れてやがったのか？　んなバカな！　盾なんて絶対持っていなかった！)

バンカースは槍に続き盾が出てきて更に混乱していた。あるはずがないモノが次々出てくる事態に、自分の頭がおかしくなったのではないかと疑うほどに。

(ハッ!?　クソ！　や、やべえ！)

バンカースは弾き飛ばした盾に気をとられていることに気付いた。模擬戦の最中に、相手から視線をそらすなんてもっての外。戦いはまだ終わっていないのだから。

一旦距離をとった両者。ふたりは奇しくも同じことを思っていた。

(この先、どうしよう！)

と。

バンカースは困っていた。

(先制攻撃してしまいてえ！　距離を詰めちまえば、どうとでもなる気がするが……。これ試験であり模擬戦なんだよな。ぶっ飛ばしちまうわけにもいかねえし、こちらから仕掛けるのもなんか微妙だよな)

総隊長であり試験官である立場ゆえ、バンカースは待ちの一手になる。表情に余裕はなく、あるのは迷いと自制心。それに対しインベントは——

(う〜ん……あんまり自信ないけど、コレでいくか)

インベントはさも当たり前のように木剣を装備していた。バンカースはいつの間にか現れた木剣に驚いたが、武器がどこからか出てくることに関しては、そういうものだと思うことにした。だがインベントが居合の構えをとったことで、バンカースは更に混乱した。

(鞘も無しで居合？　そもそも居合ってのは、相手が攻めてくる前提だろ？　え？　俺のほうが誘われてんの？)

まさかのお見合い状態にバンカースはこの上なく混乱する。経験と常識がことごとく通じない相手だ。

次の瞬間、混乱は恐怖に変わった。

——インベントが視界から消えたのだ。

◇◇◇

インベントが夢の中でのみ見ることができる『理想郷《イングワズ》』――『モンスターブレイカー』の世界。物心がつく前から見ていた『理想郷《イングワズ》』はあまりにも刺激的で、何度見てもモンスターを狩る光景に飽きることはなく、むしろ今もなお魅了され続けている。

剣を振るえば火花が舞い、矢を放てば閃光が走る。ゲームゆえに発生するエフェクトであり、今までもこれからも、インベントが現実世界でどれだけ努力したとて剣から火花が出ることはない。だが、インベントの生きる世界と、『理想郷《イングワズ》』には共通点があった。

まずはモンスターが存在すること。インベントの生きる現実世界のモンスターは、『理想郷《イングワズ》』のモンスターのようにマグマの中から飛び出してきたり電撃を放ったりしないが、危険で狩らなければならない存在であることは同じく間違いない。このため、インベントは『理想郷《イングワズ》』の世界が、自身の世界の地続きのどこかにあるのではないかと、淡い期待を抱いている。同じ世界の遠い国の話か……それとも本当に死後の世界なのか。『理想郷《イングワズ》』に行く方法はわからないが、せめてモンスターを狩る仕事に就きたいと思い、森林警備隊の入隊試験を受けている。

そしてもう一つの共通点は収納空間である。

インベントは知る由もないが多くのゲームで取り入れられているアイテムシステム。『インベントリー』、『アイテムボックス』、『もちもの』など呼び方は様々だが、いくらでも収納可能なトンデモ空間である。その空間にはプレイヤーの装備、道具、戦利品、素材などが自動的に収納されていく。もしもゲームに収納空間がなければ、荷物が増えすぎて冒険どころでなくなる。かといっていちいち持ち物の取捨選択をさせるのはプレイヤーのストレスになる。快適なゲームのために採用されたシステム、それが収納空間だ。

そんなことを知らないインベントだが、『理想郷《イングワズ》』の狩人たちが空中から自由にアイテムを出し入れし、瞬時に装備を換装する様子は何度も見てきたため、収納空間を使えることは知っていた。

『理想郷《イングワズ》』と現実世界、どちらにも存在する収納空間だが異なる点は多い。『理想郷《イングワズ》』では誰もが使える収納空間だが、現実世界では【器《ペオース》】のルーンを持つ一部の人間にしか使用できない。なによりも収納空間の使い方には天と地ほどの差がある。

『理想郷《イングワズ》』の狩人たちは大型武器であっても瞬時に取り出すことができるのに対し、現実世界の人たちは、収納空間から小物を取り出すときでさえ手間取る始末。インベントは父だけが収納空間の扱いが下手なのだと思っていたが、歳を重ねていく中で他の者たちも大差ないことを知った。

『理想郷《イングワズ》』と現実世界の両方を知るインベントは父を反面教師とし、『理想郷《イングワズ》』の狩人たちのように収納空間を扱えるようになろうと心に決めた。皆目見当もつかない剣から火花を出す方法を模索するよりも、まずは『理想郷《イングワズ》』基準で収納空間を扱えるようになろうとしたのだ。

(収納空間の中はどうなっているのだろう?)

自分以外の【器《ペオース》】のルーンを持つ者たちは、収納空間をちょっと便利な道具袋程度にしか思っていないようだったが、インベントにとって収納空間は全く違う存在だった。なにせ収納空間は現実と『理想郷《イングワズ》』との数少ない共通点であり、そしてインベントの世界では誰しもが収納空間を持っているわけではない。『理想郷《イングワズ》』に憧れる自身のルーンが【器《ベオース》】で収納空間を扱えることに、運命的ななにかを感じていた。

だからこそ『理想郷《イングワズ》』基準で収納空間を扱えるようになろうという熱意は凄まじく、他の子どもたちがおもちゃに夢中になる時期に、インベントは収納空間に夢中だった。徹底的に解明してやろうとあの手この手を試していく。

（中に、どれぐらい入るんだろう？）

『理想郷《イングワズ》』では収納空間に無制限に物が入っていくように思えたが、インベントの収納空間は無限に物が入るわけではないようだった。であれば、一体どれぐらいの物が入るのかが知りたくなったインベント。手始めにひたすら砂袋を入れ続けた。まだ幼かった当時のインベントには、砂袋を作るのも、それを持ち上げて収納空間に入れるのも一苦労であり、何日もかけて砂袋を収納しつづけた。両親からしてみれば砂遊びが大好きな少年である。

何度も収納空間に砂袋を敷き詰めたインベントはついに、収納空間が一辺二メートルの立方体であることを突き止める。このとき、砂袋の実験をはじめてから既に半年以上の月日が流れていた。有限な空間であることを知ったからこそ、整理整頓することで収納量が変わることも知った。

その日からインベントの日課は、「収納空間の整理整頓をすること」となった。

（どれぐらいの大きさの物が入るのかな？）

インベントの探究心は全て収納空間に注がれていく。続いて大きさや重さの制限に興味を持ったインベント。大きな石を探しては、とにかく収納してみる。両親からすれば、石大好き少年である。

そしてインベントは知ることになる。収納空間に物をしまう際の最大のネックは、入り口であることを。インベントは収納空間の入り口を便宜上「ゲート」と名付けた。ゲートは円形で大きさは最大で三〇センチメートルほど。よってそれ以上大きな物は入れることができないと気付いた。

ゲートの性能もこれまた念入りに確認済みである。

基本的にゲートは、収納空間内であればどこの位置にでも自由自在に開くことができる。上からでも下からでも横からでも。例えば剣を鞘側から取り出すこともできるし、柄から取り出すこともできる。小さな物であれば縦横斜めどの角度からでも取り出すことが可能。

ただし、収納空間内の物に干渉した状態でゲートを開くことはできないし、ゲートの形状は円形であり、四角形や球体にすることはできない。

他にゲートから物を取り出す方法は大きく分けて二種類ある。一つ目は収納空間に手を入れて直接取り出す。もう一つは、収納空間内の物は触らずとも空間内を自由に移動させることができるため、手を触れずとも収納空間から外に出すことができる。

インベントが多用しているのは前者である。理由としては『理想郷《イングワズ》』の狩人たちのように素早く物を取り出すことにこだわっており、手で取り出すほうが早いからだ。

それから、入れられる物の長さに関しても把握することとなった。収納空間は一辺二メートルの立方体であるため、当然二メートルまでは収納可能。

二メートルが限界かと思いきや、立方体の対角線は約三・五メートルである。よって、最長三・五メートルほどの長さの物は、収納空間に収めることができることを発見した。

この世紀の大発見はインベントが一二歳の時であり、意気揚々と父親のロイドに話した。――話したのだが、ロイドはほとんど関心を示さなかった。そんなことよりも運び屋として覚えて欲しいことは山ほどあるからだ。ロイドにとっての収納空間は、あれば便利な能力程度の認識。

インベントはどうにかしてこの感動を伝えたいと思ったが、どうやっても伝わらないと悟った。ロイドが収納空間に興味を持っていないことは明らかだったし、『理想郷《イングワズ》』を知らぬ者にどうやって自身の情熱を説明すればよいのかわからなかったからである。

それ以来、収納空間の話をすることはなくなったが、インベントの情熱は更に燃え上がり、研究にも熱が入る。

『生き物は入るのか?』、『収納空間内で温度変化するのか?』、『空間内で形状変化するのか?』、『液体は入るのか?』などなど。とにかく収納空間に関してはありとあらゆることを調べつくした。その中で副産物的に判明したことがある。入りきらないサイズのものを無理に入れようとすればどうなるのか? 結果は簡単である。

反発する。――反発力が発生するのだ。

◇◇◇

アイレド森林警備隊、入隊試験会場に戻ろう。

インベントの居合の構え。目的は収納空間の入り口であるゲートを隠すためであった。

（収納空間に…………剣をぶっ刺す!!!!）

インベントは収納空間に砂袋を格納していた。つまりその一角には物が全く入らない状態である。

その場所に剣を刺すとどうなるか？　非常に大きな反発力が生まれることになる。

（『反発移動《リジェクトムーブ》』!!）

『理想郷《インゲワズ》』の狩人は小さな予備動作から、まるで瞬間移動したかのように高速で動くことができる。

インベントは『理想郷《インゲワズ》』の狩人をイメージしつつ、収納空間に剣を突き刺した。反発力が剣を通してインベントに伝わる。反発力を利用して急加速し、バンカースの目の前に迫ろうとしたインベントだったが――

（上に飛び過ぎた!!）

『反発移動《リジェクトムーブ》』は収納空間からの反発力で移動する技である。急加速することが可能だが、制御が非常に難しい。すっ転ばないように多少斜め上に飛ぼうとしたのだが、思ったよりも高く飛んでしまったのである。一方、バンカースは――

（は？　消えた――だと？）

忽然と姿を消したインベント。居合の構えをするインベントに困惑していたが警戒はしていた。見失うなどバンカースからすればあり得ない事態。

インベントを見失った理由は二つある。一つ目は人間の視野は左右に強く、上下には弱いからである。そしてもう一つは、インベントの『反発移動《リジェクトムーブ》』の特性にある。

観察眼に優れるバンカースは、予備動作から動きを予測することに長けている。だが『反発移動《リジェクトムーブ》』は収納空間の反発力を利用した移動方法であり、通常の移動のように足を使わない。予備動作から予測するのは非常に難しいのである。

（いない？　え？　どこ？）

バンカースは入隊試験であることを忘れて、警戒態勢に入った。集中し、周辺視野を最大まで拡げた。そして影が迫ってきていることでなんとか、バンカースを飛び越えていくインベントを発見するに至る。

（う、上!?　なんなんだ、このガキは!?）

反転し、インベントが着地するのを目で追うバンカース。だが着地する前に空中で加速するインベント。

（よし、今度はいい感じ！）

予想外のタイミングで突進してくるインベントをなんとか躱し、間髪入れず距離を詰めるバンカース。その表情は手加減なくインベントを攻撃しようとしていた。試験であることを忘れてしまっている。

（なんか危ない!?）

明らかに雰囲気が変わったバンカースを警戒し後方に飛び跳ねつつ、持っていた剣をバンカース

に投げつけた。と、同時に盾を取り出す。だが収納空間には小さな盾しかなく、小さな盾でバンカ

ースの攻撃を華麗に防ぐ防御技術はインベントにはない。そこで――

（盾、盾、盾）

盾を連続で投げ牽制するインベント。それを凄まじい剣速で弾き飛ばすバンカース。吹き飛ばさ

れた盾は壁に激突し、他の入隊希望者たちは何事かと驚いている。

（クソ！　うぜえ!!　どっから出てきてんだ！　盾！）

予想外の展開に苛立つバンカース。　だが盾の先にはインベントが見えている。

（消える前に、ぶっ潰してやる！）

盾を弾きながら距離を詰めようとするバンカース。だが――

「があ!?　なんだ!?」

（え、煙幕!?　い、いや砂か!?）

盾に紛れて飛んできた砂玉。思わず目をそらしてしまうバンカース。

（あ〜、クソが！）

バンカースはその場で立ち止まり、顔面と股間を守る構えをとる。インベントはチャンスととらえ、サイドステップをした後、何も持たず飛びかかる。狙いはバンカースの腹部だった。

（空間抜刀！）

収納空間から早業で木剣を取り出しつつ、バンカースの腹部を撃った。だが、まるで壁を殴ったかのような感覚を覚える。悪寒がしてバンカースの顔を見ようとした。その時——

「——後出し抜刀」

バンカースの声を聴いたと同時に、インベントは意識を失っていた。

インベントは気付かなかったが、バンカースの手に刻まれたルーンの印は【保護《エオロー》】である。武器や防具を強化できるルーンであり、使いこなせば攻防どちらにも対応できるバランスの良いルーンである。主な使い方としては武器や防具の強化だが、肉体そのものを強化することもできる。

インベントに翻弄され頭に血が上ったバンカースは、【保護《エオロー》】で体全体を強化した状態で待っていた。インベントがどんな武器で攻撃してこようが防ぎきる自信があったバンカースは、あえて攻撃を受けることでインベントを射程範囲内に誘い込み、思い切り反撃をした。いや——大人げなく反撃してしまったのである。

病院のベッドの上で横たわるインベント。いまだに目覚めないインベントを眺めながらアイナは不満げに呟いた。

「ハア……かったる～い」

受付の仕事が終わりやっと解放されると伸びをしていたアイナの前に、インベントを抱えたバンカースが慌てた様子で「誰か一緒についてきてくれ！」とだけ言い走り去っていった。結局、受付嬢たちの中で一番新人だったアイナが、追いかけることになったのだった。

（ったく、冷やかしで入隊試験に参加するからだっての。しっかし、なにがどうなったら入隊試験で気絶すんだよ。それに総隊長さんはどこに行ったんだ？）

模擬戦の様子を見ていないアイナは、インベントのほうがなにか問題行動をとったのだと思っている。実際にやらかしたのはバンカースであり、入隊試験であることを忘れ本気でインベントをぶちのめしてしまった失態は、始末書ものである。

「ふあ～あ、コイツぜんぜん目覚めないじゃん。かったる～い」

アイナが欠伸《あくび》交じりに身体を伸ばしていると、溜息交じりにバンカースが入室してきた。アイナは姿勢を正し「あ、お疲れ様です」と言うが、バンカースは力なく「悪いな」と一言。

「まだ目覚めねえのか？」

「あ～そうですね」

「まいったな～。念入りに【癒】《ギルフェ》やってもらったし、そろそろ目覚めてくれねえかな～」

アイナはふと疑問に思う。インベントが倒れた原因は何だったのだろう。

「そういえば総隊長。この子って、すっ転んで頭でも打ったんですか？」

見るからに弱そうですもんね。とアイナは付け足す。バンカースは口をへの字に曲げ「違う」と一言。

「ったく～試験会場から病院って結構遠いのに、総隊長に迷惑かけちゃって。しっかし頭打つ以外で気絶するって首か？　もしくは背中？　それとも足？」

「……腹だよ」

「へ？　腹？　お腹にどうやって……」

病院に運ばれるほどのダメージをどのようにして負ったか、アイナには想像がつかなかった。咄嗟に想像したのは、転んで自らの武器を腹部に受けた滑稽すぎるインベントの姿だった。

「その……俺が、ぶっ飛ばしちまった」

「は、はい？」

「模擬戦の最中にな、コイツ、妙な戦い方するもんだから、ちょっと熱が入っちまって……つい、ズバっとやっちまった」

アイナはバンカースの言葉が信じられず目を丸くした。

「こ、こんなヒョロリン相手に気絶するほど、本気でズバっとやっちまったんすか!?」

「ば、バカヤロウ……その、そんなに、本気じゃねえ！　少し熱が入っただけ……だ」

「いやいや、模擬戦で——それも入隊試験の模擬戦ですよ？」

それはまずいんじゃ……と責めるように見上げてくるアイナの正論に、バンカースは小さく肩を丸めた。

「うん……同じことを病院の先生にも言われたし、今さっきまで補佐のメイヤースにも怒られてた。……めっちゃ怒られてきた」

総隊長であるバンカースが叱られていたのかと思うと、自業自得ではあるものの少し可哀想な感じがして、アイナは同情の笑みを浮かべた。

「い、いや〜、でも、あれですね。このインベントってやつ総隊長をマジにさせるぐらい強かったんですね。どう見ても弱そうなのに」

「待て、待て待て。いや、う〜ん――」

バンカースはアイナの意見には同意しかねるとばかりに唸る。だが明確に説明できずにいた。冷静になりインベントの戦い方を思い返すバンカース。

「強くはない、断じて強くない。一つ一つの動きはまさにド素人。いやほんと、剣の振り方なんてヒド過ぎて笑っちまうぐらいだ。だけど……そうだな、今年一番驚いたのはコイツで間違いない」

「驚いたっていうと神童の子よりもですか？」

「ああロゼのことか。ありゃまあ別格だけど、翻弄されたというか予測不能だったのはコイツで間違いない。思い返してみてもモヤモヤする。なにをされたのか、よくわからなかったし。そうだな……手品師みたいな野郎だったな。結局ルーンもなんだかわかんなかったしよ」

バンカースは森林警備隊の総隊長であり、大抵のルーンは知っているし見たことがある。そんなバンカースでもインベントのルーンを特定するには至っていない。インベントはルーンを秘匿する気がないので、この後サラっと教えてくれるのだが。

ふたりが話していると、インベントが身じろぎし、目覚めつつあることがわかった。

「お、そろそろ起きそうですね」

「おお、そりゃ良かったぜ」

「でもどうするんですか、このインベントとかって新人君」

「へ？」

「アタシだってしがない新人ですから口なんて挟めませんけど……入隊させるんすか？」

バンカースは言葉に詰まってしまう。あれだけの模擬戦を行ってもなお、インベントが強いのか、そして森林警備隊隊員として役立つのか判断できていなかった。

「ん……」

考えがまとまる前に、インベントが目を醒ましたようで、ゆっくりと目を開けた。

アイナがインベントの目の前で手を振り「おはようさん、調子はどうだい？」と問いかける。

「うう～ん……あれ？　猫人族《ネコさん》？」

寝ぼけているのか、インベントはアイナを『理想郷《イングワズ》』に住む猫人族《ネコさん》と見間違えた。

「んあ、ネコ？　ま～だ寝ぼけてるのか？　う～ん、でも意識ははっきりしてそうだな。痛いところとかないか～？」

咄嗟に「打ったお腹が」と言おうとしたインベントだったが、多少の違和感はあれど、腹部を擦ってみても痛みがないことに気付いた。

「特には。大丈夫そうです」

「うっし、そりゃよかった。それじゃ――」

バンカースとバトンタッチしようと、アイナはバンカースを見上げた。

当のバンカースは、インベントが目覚めたことの安堵や、気絶させてしまったことに対しての罪悪感が入り混じり、なんとも言えない笑みをインベントに向けていた。

「おお～インベント、つったか。元気そうで何より……いや……その～すまなかったな。ちょっとばかし熱が入っちまって、ハハハ」

首を傾げるインベントに対しバンカースは饒舌にまくしたてる。

「体調は本当に大丈夫か？　まあ【癒《ギルフェ》】でしっかり治してもらったから大丈夫なはずだが、なにかあればすぐに言えよ？　な？」

「なるほど、それで。はい。今のところ大丈夫です」

喜怒哀楽が読みにくい表情のインベントに対し、焦りを笑顔で誤魔化すバンカース。

「そ～かそ～か、そりゃあ何よりだな、ハハハ」

バンカースの考えはまだまとまっていないが――

「とりあえず……そうだなインベント。お前は森林警備隊に入りたいのか？　って入隊試験受けたんだからそりゃそうだよな。いやいや、そうじゃなくてだな。お前はなんで森林警備隊に入りたいんだ？」

「モンスターを狩りたいからです」

一切淀みのない返答に、会話のきっかけを探していたバンカースは面食らう。インベントの目に宿る強い意志にバンカースはたじろぐが、その正体は正義感やモンスターに対しての怒りではなく、本当にモンスターを狩りたいだけである。

「そ、そうかあ。しかしお前……貧相な体してるからな。苦労すると思うぞ～？」

「あ～皆さん強そうですもんね。やっぱり、俺も鍛えないとだめですよね」

「そりゃそうだ。知っての通り、森林警備隊ってのは危険と隣り合わせだ。少なからず毎年死傷者も出る。お前の親御さんは反対してねえのか？」

「ええ！　凄く協力的なんですよ！」

インベントの両親、リアルト夫妻はインベントが落ちると信じて疑っていなかったので協力的だっただけだが、バンカースはそれを知る由もない。

バンカースは頷き、決心した。

実力的には未知数だが、今年の入隊試験で誰よりもバンカースを驚かせた男であり、やる気に満ちている少年を不合格にするわけにはいかない。

「よ～し！　それじゃインベント。森林警備隊への入隊を希望するか？」

「はい！」

「わかった！　これからよろしくな！」

「よろしくお願いします！」

こうして、その他大勢の正式な結果発表の前に、インベントの森林警備隊入隊だけが一足早く決まったのだった。そして――

（ホントにコイツ、入隊決まっちまったよ～。こりゃ予想外だったなぁ～）

誰にも聞こえないほど小さく拍手しながら、アイナは思う。

（ま、これからはせいぜい頑張ってくださいな。アタシには関係ないし。あ～やっと帰れる～！　かったる～い！）

インベントの入隊試験合格に立ち会ったことは単なる偶然であり、今後深く関わることもないと思っているアイナだったが、今後徐々にインベントという渦に巻き込まれてしまう『かったる～い』展開が待っていることを――アイナはまだ知らない。


――入隊試験から、数日後。

「アンタ!!」

「……はい」

「あの子！　本当に森林警備隊に受かっちゃったじゃないの!!　どういうことよ!!」

「……うう～ん」

インベントの母、ペトラはカンカンに怒っていた。インベントの父、ロイドは頭を抱えていた。

インベントが入隊試験から帰ってきた日の夜。食事をしつつ、ロイドは現実に直面し落ち込んでいるであろう我が子を慰めようと思っていた。だがインベントは「合格だよ」と自信満々に言った。ロイドは強がっているのだと思った。そもそも試験結果は後日発表なので、結果を知っているはずなく、見栄を張っているだけなのだろうと思っていたのだ。

ペトラは心配したが、ロイドは「大丈夫だ」と言い合格発表を待った。そして合格発表当日——

インベントは「どうせ合格だよ」と自信満々だったが、ロイドは信じず。朝早くにインベントを連れて森林警備隊本部まで赴き、合格者が貼り出された掲示板を食い入るように見つめた。そして、我が子が合格していることを知り愕然とする。そして帰宅し、妻に散々怒られているわけである。

（あの、ゴルゲウス君が補欠合格だったのに……うちの子が普通に合格してしまうなんて）

近所に住んでいるガッツオ家の長男であるゴルゲウス。乱暴者だが見るからに屈強な少年であり、彼のほうが余裕で森林警備隊に合格するだろうと思っていた。もちろん、インベントは箸にも棒にも掛からず落ちるだろうと思っていた。

「なんであいつが合格しちゃったんだろう……」

「後継ぎは一体、どうすんだい!!」

「は、ははは……ハア」

2章【森林警備隊新人のインベント】

オイルマン隊

アイレド森林警備隊に入隊後、配属希望や適性の確認、新人向けオリエンテーションが行われた。そしてインベントはオイルマン部隊長が率いる部隊に配属されることとなり、昨日配属先の隊員たちとの顔合わせも済ませてある。すでに入隊後二十日間も経過しており、インベントからすれば待ちに待った任務初日がやってきたのだ。

オイルマン隊は町の南部広場に集合することになっていたため、インベントは誰よりも早く到着し皆を待った。そして全員が集合した後、部隊長であるオイルマンは柔和な顔で「ま、ボチボチ行こうぜ」と言って歩き始めた。

町から離れ森林の奥地に移動していくオイルマン隊。インベントは隊の最後尾からついていくが、次の瞬間にでもモンスターが現れるのではないかと想像をかきたてられていた。町の近くではほとんどモンスターが現れないと聞かされていたが、可能性はゼロではない。幸せな妄想タイム。だが

――

「いや～同期がいるなんて安心するわ～！」

そんな中、インベントに対して饒舌に話しかけてくる男。その名はラホイル・オラリア。細い目

と常ににやけた顔。身体はデカいが、軽薄そうな第一印象にたがわず、口調も軽い男のようである。

「インベント君って、なんで森林警備隊になろうと思うたん？　あ、僕はね～、まあお金やね～。僕んとこ貧乏なんよ～」

本来であれば、ついにモンスターと会えることへの高揚感に浸っていたかったインベントは、ひとりで勝手に喋り続けるラホイルに対し、適当に相槌し放置することにした。ラホイルはひとり話し続ける。

「森林警備隊ってなかなか儲かるやん？　特に前線はギャラ、ええからね～。僕ちょっとだけケンカ強かったんよ。この仕事しかないわー！　って思たんよ。でもインベント君ってケンカ強そうなタイプに見えへんよね～。あ～でも試験合格してるんやしやっぱ強いんやろうね～」

実際問題、森林警備隊の中でインベントは明らかに貧相な身体つきをしている。インベントも、その差は嫌というほど痛感していた。

（筋力アップは課題だな～。ムキムキなみんなと比べると俺だけ子供みたいだもんなあ）

収納空間だけでなく、肉体強化にも励まなければな、とインベントは思った。

程なくして一行は森の中の少し開けた場所へやってきた。地面は踏み荒らされているからかところどころ土が露出し、切り株が転がっていたり、木にはなにかで斬った跡がある。

オイルマン部隊長はどかっと切り株に腰かけた。柔和だった表情は一変し少し不機嫌に見える。

「ここは俺たちがよく使う待ち合わせ場所だ。南部広場で待ち合わせなんてデートじゃあるまいしなあ？」

オイルマン部隊長の発言に同調し、男性隊員のドネルとケルバブは薄ら笑いを浮かべ頷いた。女性隊員であるレノアは静観している。オイルマンは話を続ける。

「ま、この辺は安全だけど、モンスターが出るかもしれねえ場所だ。その割に今年の新人は和気藹々《わきあいあい》としてやがんなあ？　遠足気分かあ？」

「も、申し訳ございません！」

ラホイルがすぐに謝った。インベントは自身に非はないと思いつつも仕方なく「すいません」と言った。そしてオイルマン部隊長は立ち上がる。

「欠員補充が新入り二人か。ま、せいぜいお荷物にならないでくれよな」

森林警備隊は一小隊四名から五名で構成されるが、オイルマン隊はインベントとラホイルを入れて六名体制となっている。欠員がでたオイルマン隊に新人二人が組み込まれ、二人で一人扱いというわけである。

再度歩き出したオイルマン隊。

「ご、ごめんな～インベント君～」

ラホイルが形だけ申し訳なさそうに謝る。インベントは苦笑いをしつつ――

(黙っててほしいなあ。モンスターが逃げちゃったらどうするんだよ)

――と、溜息を吐いた。

「注目!!」

見晴らしの良い場所に到着すると、オイルマン部隊長が号令をかけた。全員がすぐさま集合し、直立する。インベントとラホイルも倣って同じように振舞った。オイルマン部隊長が意味深に指差した先には滝と思しきものが見える。

「今日は初日だからお散歩にしようかと思ったが、安全区域のギリギリの場所まで行くことにする！　まずはここから、南西の滝まで向かうぞ！」

部隊唯一の女性隊員であるレノア隊員が、「え？」と驚きの声を上げた。男性隊員のドネルとケルバブは薄ら笑いを浮かべている。

「新入りはとにかくついてこい！　以上！」

嫌な予感がした。出発後、すぐにインベントの嫌な予感は的中する。全員が物凄い速さで走り出したのだ。女性隊員であるレノアでさえも、颯爽と森を駆け抜けていく。ラホイルも難なくついていく。インベントと他の隊員たちの身体能力には、差があり過ぎた。全力で走るインベントだったが、すぐにこのままではダメだと立ち止まる。

(仕方ないな……あんまり使いたくないんだけど、他に手もないし)

インベントは『反発移動《リジェクトムーブ》』を使うことにした。使うことにしたは良いものの、インベントは渋い顔をしている。

『反発移動《リジェクトムーブ》』ならば速く移動する事ができる。だが、まだまだ制御に難があり、真っすぐ進めると

は思えない。開けた場所ならまだしも、森林地帯を縫うように移動するイメージが湧いてこない。

（でも仕方ない。置き去りにされるよりはマシだ）

インベントは収納空間から剣を取り出し、収納空間内の砂袋を突く。発生した反発力を利用して『反発移動《リジェクトムーブ》』で急加速。そこから着地と『反発移動《リジェクトムーブ》』を何度も繰り返し、突き進む。だが、やはり数回に一度は木にぶつかったり、蹴躓いたりする。

「イタタタ……。体力アップは必須だ」

何度『反発移動《リジェクトムーブ》』を繰り返したのか、

（と、遠かった……！）

目的地である滝にようやく到着し、インベントは尻もちをついた。当然だが、隊員は全員既に到着していた。オイルマン部隊長はインベントがかなり遅れて到着すると予想していたため予想以上の速さに驚いた。

インベントはというと、疲労しているのはもちろんだが新しい隊服はドロドロになり、体の所々に小さな怪我をしている状態だ。

見かねたレノアが声をかける。

「ちょっと、もう！　あなた大丈夫なの!?」

インベントの傷を見て、サッと手をかざす。

「おぉ？」

傷が治っていく。

（なんだか気持ちがいいな）

「私は【癒《ギルフェ》】のルーンなの」

「あ～、なるほど。そうなんですね。治療、ありがとうございます」

「【癒《ギルフェ》】がいる部隊ってそこまで多くないのよ。ウチなら、多少の怪我なら私がこうして治してあげられるわ。ふふふ、オイルマン隊で良かったでしょ？」

「そうですね……ありがたいです」

無骨なオイルマン隊だと思ったが、思いがけずレノアの笑顔は心の清涼剤となった。

（【癒《ギルフェ》】はありがたいなあ。遠慮なく『反発移動《リジェクトムーブ》』が使える……いやいや移動だけで怪我しちゃだめだよな。でも確かにオイルマン隊って良い隊かもしれないな。突然走り出したのには驚いたけど、かなり町から離れたし、そろそろモンスターが現れるんじゃないの～？）

レノアは「はい、おしまい」と笑いながら、頭をポンと叩いてくれた。

「ありがとうございます」

「ふふふ、でも今年の新人は豊作ね！　インベントにラホイル、両方ともしっかりついてこられるなんて予想外だったんじゃないかしら」

「あ～やっぱりそうなんですね……」

（予想はしていたけど、新人いびりみたいなものだったんだろうな。怪我は少ししたけど、なんと

か頑張って追いつけて、よかった）

「今日は多分、これで終わりだから。ゆっくりアイレドまで戻ることになると思うわ。命令があるまでしっかり休んでおきなさい」

「了解です」

インベントは周囲を観察しながら待っていると「集合！」とオイルマン部隊長の号令で集まる面々。

「――今日はもう少しだけ進む」

レノアは驚き声をあげた。

「で、でもこれ以上は安全区域を越えますよ！」

「そんなことはわかっている。だが今年の新人は優秀だからな。モンスターの一体や二体見たいだろう？　な？」

オイルマン部隊長はいやらしい笑みを浮かべつつ、インベントとラホイルに呼びかけた。新人が否定できる雰囲気ではない。ラホイルは困り顔で力なく笑っている。だがインベントは違う。

「モンスターが見たいか？」と聞かれれば全力で「イエス！」と答える男なのだ。

「そりゃあ……もちろん、見たいですよ！」

ラホイルは「え？」と驚きの声を上げ、「い、インベント!?」とレノアも声を上げた。オイルマン部隊長は一瞬驚いたが、嬉しそうに笑った。

「ははは、そうだろう、そうだろう！」

「で、でも！」

「レノアは心配し過ぎだ。安全区域を少し出たぐらいでそうそう危ない目には遭わん。俺が先行しつつ、ドネルとケルバブは新人をガードだ。それなら問題ないだろう」モンスターに是が非でも出会いたいインベントにとっては、願ったり叶ったりの展開だった。

危険区域に侵入してから数分後、隊員たちと、周辺の森の空気が変わったことを、新人二人はひしひしと感じていた。だが、より反応が顕著だったのはラホイルだった。

「ひぃ！」

茂みから物音。ラホイルが情けない声を漏らす。

「おうおう、怖いのか〜？　新入り〜」

ドネルがニヤニヤと笑っている。

「ははは、町から離れれば離れるほどモンスターが現れる可能性は高くなるしな」

そう、ケルバブも馬鹿にしたように鼻で笑う。

「危険区域って言ってな。安全区域を越えると途端に危険性が上がるんだ。安全区域を守るために危険区域に飛び込まなきゃいけないってわけよ」

「そうだ。俺たち前線部隊が最前線でモンスターを狩ることで、安全区域が維持されてんだ。危険区域にビビってたら仕事になんねえぞ？」

ドネルとケルバブが、矢継ぎ早にラホイルを煽る。インベントは横目で見ながら、我関せずである。

(確かに怪しい雰囲気は感じるな。俺としては、さっさとモンスターに出会ってみたいところだけど……)

ラホイルは木々のざわめきにさえ震えている状態だ。インベントとしては、何がそんなに怖いのかわからない。

さて――

オイルマン部隊長が軽く舌打ちを二回した。それにドネル、ケルバブ、レノアが瞬時に反応する。インベントはそれを見て状況をなんとなく察したが、ラホイルは戸惑うばかりだ。インベントは小声で「警戒のサインだと思う」と囁き、指で静かにするように伝えた。「お、おう」とラホイルは口を手で覆った。

オイルマン部隊長は「オオカミ型だ」と小声で呟く。

オイルマン部隊長の視線の先に、形状は狼だが、通常のサイズより二回りほど大きくて黒い狼のような見た目の生き物を発見した。モンスターはまだオイルマン隊を視認していないが、気配を察知し苛立っているのか、涎を垂らし、目を血走らせ興奮している。

『理想郷《イングワズ》』のモンスターが見たこともない架空の生き物の見た目をしているのに対し、現実世界のモンスターは、野生生物が大型化し狂暴化したものである。そのため見た目から元となった生物を判断しやすく、狼が元となったモンスターであればオオカミ型、鼠が元となったモンスターであればネズミ型、と呼称することが多い。

（うおおお！　モンスターだあ！　小型のオオカミ型モンスターかな！　か、雷とか出さないかな!?　影を操ったりしないかな!?）

インベントは、今にも歓喜の舞を踊り出しそうな勢いで目を輝かせながらモンスターを見ている。

インベントが期待するような、雷を出したり影を操るようなモンスターはイング王国の歴史上一度も確認されたことはない。特殊なモンスターも存在するのだが、『理想郷《イングワズ》』のモンスターは規格外なのだ。

（ついに会えた――――！）

嬉々としているインベントとは正反対に、ラホイルは怯えきっている。『理想郷《イングワズ》』で巨大モンスターを見続けてきたインベントと違い、初の危険区域は刺激が強すぎたようだ。初めて見るモンスターの迫力に震えていた。

「……やるか」

オオカミ型に位置を気取らせぬよう小さな声でオイルマン部隊長が呟く。ドネルとケルバブはコクリと頷き、静かに行動し始めた。彼らが何をしようとしているのかインベントは予想できなかったが、『理想郷《イングワズ》』の狩りシーンを思い出し期待で胸がいっぱいになった。

隊員たちのことをじっくりと観察し続ける。

ラホイルは三名が離れていくことで更に不安になっているようだ。そんなラホイルを気遣い、レノアは新人ふたりの手を取った。

「大丈夫だからここで静かに見ていなさい」

インベントは狩りシーンを安全な場所で見学できる期待に胸膨らませ頷き、ラホイルは怯え切った様子で何度も何度も激しく頷いた。

オイルマン部隊長は何食わぬ顔で姿を現し「チチチチ」と舌打ちをした。

モンスターは潜んでいたオイルマン部隊長を発見することで、さらに敵意のある目つきに変わった。レノアが「モンスターはテリトリーに入ってきた人間に対して攻撃的なのよ」と補足説明してくれる。

（なるほど、野生動物のように逃げていったりはしないのかな。——追い回すのは大変だし、待っててくれるのはいいね！）

オオカミ型モンスターは、腰をゆっくりと落とし威嚇行動に入る。対するオイルマン部隊長はゆっくり、腰に差していた分厚い剣を抜いた。

クルクルと剣を回し、オオカミ型を挑発するようにゆっくりと近づいていく。じりじりと近づいてくるオイルマン部隊長に対し、モンスターのほうが痺れを切らし突進してきた。オイルマン部隊長はそれを難なく剣で綺麗に受け止めた。

遠くにいたときは気付かなかったが、こうしてみると、オオカミ型モンスターはオルマイン部隊長と遜色ないサイズ。『理想郷《イングワズ》』のモンスターと比べると小型に思えたオオカミ型だが迫力は充分。

続けて、モンスターが振り上げた右前肢の攻撃を、左手でそのまま受け止めた。

（す、すげえ!!　この人、だてに部隊長じゃない!!）

オイルマン部隊長は、両腕を保護する大型のガントレットを装備してはいるが、オオカミ型の前肢を直接受け止める馬鹿力ぶりにはインベントも素直に驚いていた。

「来いッ!!」

オイルマン部隊長の咆哮。直後、茂みの陰から飛びかかったのか、ドネルの剣撃がモンスターの左後ろ足を切り裂いた。続けてケルバブの剣撃が右後ろ足を切り落とす。体勢を完全に崩したモンスターに対して、オイルマン部隊長が脳天目掛けて剣を振り下ろす。

が、オイルマン部隊長の攻撃が当たる直前、何かに阻まれてしまったようだ。だがオイルマン部隊長は動じず「けっ」と悪態をつく。

（おお～あれが幽壁《かくへき》か！　実際に見るのは初めてだな！）

オイルマン部隊長の攻撃は幽壁《かくへき》によって阻まれていた。だが歴戦をくぐり抜けてきたオイルマン部隊長にとって想定の範囲内であり、先程の攻撃はむしろ幽壁《かくへき》を発動させるための攻撃だったからだ。

あらゆる生き物の体内には幽世《かくりよ》の力である幽力《かくりょく》が備わっている。生命エネルギーやルーンとも密接な関係があるとされている幽力《かくりょく》だが、条件を満たせば絶対的な防御力の幽壁《かくへき》が発動する。その条件は命の危険を感じた時であり、膨大な幽力《かくりょく》を消費することで拒絶の盾を具現化させる。

モンスター狩りにおいて、幽壁《かくへき》は厄介な代物ではあるが、幽力《かくりょく》の消費が激しいため小型モンスターであれば一度の発動で幽力《かくりょく》を使い切ってしまうことも多い。オイルマン部隊長が再度剣を振り下ろすと、今度は幽壁を発動させることができなかったモンスターの脳天を、真っ二つに割ることに成功した。

完全にオオカミ型モンスターは沈黙した。

(こ、これが本当のモンスター狩りなんだ!! 良い……凄く良い!!)

インベントは興奮している。早く自分自身も、狩りをしたくてたまらない。だがラホイルは恐怖のあまり、吐きそうにえずいている。

「はっはっは! どうだ、新入り!」

オイルマンが高らかに笑う。ドネルとケルバブも、してやったりの表情だ。

「いや〜凄いコンビネーションでしたね」

インベントは思った通りのことを口にした。ビビっているに違いないと思っていたオイルマン部隊長は、余裕で感想を述べるインベントに少し驚いているようだった。

「お、おう。ちゃんと見ていたのか?」

「勿論です! 隊長が壁役になって注意を引き、その隙にドネルさんとケルバブさんが弱点を攻撃したってわけですね!」

『理想郷《イングワズ》』でも囮役と攻撃役に分かれることはよくあるため、目の前で『理想郷《イングワズ》』のようなモンスター狩りが行われたことにテンションが高まるインベント。初のモンスター狩りを見て興奮するインベントを、オイルマン部隊長たちは、変な新人が登場したな――と笑った。

「ははは、まあな。俺たちの得意戦法だぜ」

オイルマン部隊長が首をかく。

「いや〜凄い……これぞモンスター狩りって感じです！」

インベントは飛び跳ねたいぐらい嬉しかった。『理想郷《イングワズ》』と多少の違いはあるものの、それでもモンスターを狩れる世界に飛び込めていることが嬉しくてたまらなかった。だが、オイルマン部隊長たちは、新人をビビらせる気だったからか、当てが外れたな、といった様子だ。とはいえ、ラホイルに関しては思惑通り、顔が真っ青になっている。

「だ、大丈夫？　ラホイル？」

レノアに背中を擦られているが「だ、ダイジョウブっす」と返し、なんとか平静を保とうとしている。オイルマン部隊長が「まあ、始めはそんなもんだ」と、ニヤニヤしながら慰めた。

（あんまり感心するやり方じゃないけど、恐怖心を持たせることは大事なのかもしれないね、ウンウン）

新人いじめも、モンスターが見られてご満悦なインベントにとっては、今は他人事でしかなかった。

「うっし……そろそろ戻るぞ。新人に本当の歓迎会もやらねえといけねえしな」

「あ、あの」

「なんだ？　インベント」

「モンスターの死骸から何か素材を取ったりはしないんですか？」

「んあ？　革のことか？　しねえよ。モンスターの革なんて気持ち悪くて使いたくねえしな」

「そ、そうなんですね」

『理想郷《イングワズ》』ではモンスターを素材に武器や防具を作成しているようだった。むしろ武器や防具のために乱獲しているのではないかと思うぐらいの光景を何度も見てきた。もったいないと思いつつ、モンスターの死骸を眺める。死骸を眺めていると、ある違和感に気付いた。

「あれ？」

「どうした？　インベント？」

「あそこで何か光ったような……」

死骸の先の茂み。何か青白い光が揺らめいた。

「あん？」

とオイルマン部隊長がインベントの視線の先に目線をやり――顔を歪ませた。

「全員伏せろおぉぉぉ!!」

オイルマン部隊長は瞬時にインベントを突き飛ばすと、レノアに飛びつき地面に彼女を押し倒した。

複数の青白い光がオイルマン部隊に飛来する。

（な、何が起こったんだ!?）

インベントは急いで状況確認を行う。

(レノアさんはオイルマン隊長に押し倒されているが、無傷だ。ドネルさんも……無傷だけど、なんだ?)

常に薄ら笑いだったドネルが、この世のものとは思えぬ信じられないものを見るように、目をこれ以上ないほど見開き唖然としていた。そして――

「あああああああああああああぁああぁ!!」

悲鳴の方向に顔を向ける。ラホイルの悲鳴だった。

「どうした!?」と発する前にインベントは状況を理解し、言葉を飲み込んだ。いや、言葉にならなかったと言うほうが正しい。

ラホイルの左足首から下が綺麗に切り離されていた。ラホイルは倒れこみ、恐ろしいほどの出血で叫び声をあげている。

それよりも悲惨なのはケルバブである。顔面、左肩、腹部がごっそりと吹き飛んでいた。確認しなくても絶命していることがすぐに判った。ケルバブが無残に死亡し、ラホイルは左足首が切断され重傷。あまりにもショッキングすぎる状況に、インベントは茫然としかけていた。

だが――

「集中しろ!」

オイルマン部隊長の声で我に返る。

（と、とにかく、光の攻撃に対処しなければ！　全滅するぞ！）

動ける隊員は各自、急遽現れたモンスターに集中する。相変わらずラホイルが悲鳴をあげてのたうち回っている。可哀想だが、今は誰も助けに行くことはできない。

モンスターを覆っていた茂みは吹き飛ばされており、悠々と佇んでいるモンスターを視認することができた。狼が元となったであろうモンスター。先ほどたおしたモンスターと同じく黒い毛並みだが、鬣《たてがみ》は逆立ち青白く輝いている。大きさは先程のモンスターと変わらないはずなのに発するオーラが違うため一回り大きく見えた。

「来るぞ!!」

モンスターが口を開くと、青白い光が矢のように発射された。

「避けろ!!」

オイルマンの咆哮に反応し、各自回避行動をとる。ギリギリ目の端にとらえられたのは、恐ろしく貫通性能が高い光の矢が五本。光の矢は適度に拡散しているものの、狙いはオイルマン部隊長であるようだ。そしてオイルマン部隊長は命令を下す。

「あいつの狙いは俺だ！　全員逃げろ!!」

「た、隊長！　ひとりじゃ死んじまいますよ!!」

ドネルが叫ぶ。

「うるせえ！　ドネル！　俺が囮になる！」

「な、なら俺がアタッカーに」

「馬鹿野郎‼　新入りが死ぬかもしれねえんだぞ‼　おめえが担いで安全な場所まで走れ‼」

「りょ、了解！」

オイルマン部隊長は指示を出した後、隊員達から離れていった。攻撃に巻き込まれないようにするためである。

ドネルができるだけ揺らさないようにラホイルを担ぐ。そしてレノアがラホイルを治療し始める。

インベントは切り離された、ラホイルの足を見た。

「う〜ん、一応……」

インベントはラホイルの足を布で覆い収納空間にしまった。

ドネルが「新入り！　お前も早くついてこい！」と叫んだ。だが、インベントは当然のようにそれを拒んだ。

「ドネルさんたちは行ってください。俺は狩りに行きます」

「な⁉　ば、馬鹿言うな！　ついてこい！　お、おい！　新入り⁉」

インベントはドネルを無視し、オイルマン部隊長のほうへ向かう。本来ならばぶん殴ってでも引き戻すところだが、肩に担いでいるラホイルは虫の息だ。インベントがオイルマン部隊長のところに行っても何の役にも立たないと思いつつもここは仕方なく、インベントを放置した。

そんなドネルの葛藤もいざ知らず、一方インベントはというと、

（ふふふ、モンスターをたおさないと。いっそげ〜）

相変わらず、モンスター狩りがしたくてワクワクしていた。

戦況は最悪だった。

モンスターが放つ光の矢を、オイルマン部隊長はひたすら躱すだけ。近づこうにも攻撃が激しすぎる。それでもオイルマン部隊長がいまだに無傷なのは、彼のルーンが【大盾《ソーン》】だからである。【大盾《ソーン》】は文字通り護りのルーンであり、オイルマンは大型のガントレットを【大盾《ソーン》】で強化することで避け切れない光の矢をガードしていた。

「隊長!!」

急な呼びかけにオイルマンはビクリと飛び上がった。そして振り向き——

「な!?　インベント！　何してやがる!!」

「加勢に来ました！」

「ばっきゃろう！　お前まで死なせてたまるか！　さっさと逃げろ!!」

「ダメです！　ひとりじゃ勝てない！　俺が囮になれば勝てます。俺が囮、隊長がアタッカーです」

「ババババ、バカか！　あいつの攻撃をお前が捌けるわけねえだろ！」

インベントの急な提案に戸惑いつつも、モンスターの攻撃は続く。オイルマン部隊長はインベントと話しながらもなんとか集中力を保ち、なんとか回避を繰り返していた。

「多分できます」

「嘘だろ？　まさか、お前のルーンも【大盾《ソーン》】か!?」

「いえ【器《ペオース》】ですけど」

「そ、そうだったな！　うおっと!?」

緊張の中での一瞬の弛緩。オイルマンの頬を光の矢がかすめた。

「クソ。【器《ペオース》】でどうやって防ぐんだよ。さっさと逃げろ」

「ははは、大丈夫ですって。囮役は俺がやりますから、フィニッシュはお願いしますね」

インベントは光の矢が過ぎ去った瞬間に槍を投げた。ひょろひょろと力なく飛ぶ槍が、モンスターに届かず落下する。

「お、おい！　バカ！」

インベントを引き留めようとするオイルマン部隊長だが、モンスターの狙いは変わらずオイルマン部隊長である。インベントに近づけば、巻き込まれてインベントが死ぬかもしれない。それに――

（な、なんだコイツ？）

インベントを見て息を飲む。

ただの新人。それも痩せた少年。だが、そのあまりに自信満々な様子に、引き留めることができなかった。

「クソ！　どうにでもなれ！」

オイルマンは茂みに身を隠す。モンスターは、隠れた人間を炙り出そうと光の矢を放とうとするが――

「――お前の相手は俺だ」

思い切り投げたナイフがふわりと飛んでいく。インベントは笑みを浮かべながら、巨体を睨みつける。モンスターの口がインベントに向いた。

「ふ、ふふ」

インベントの頬に汗が伝う。失敗すればケルバブの二の舞だ。

それでもインベントが笑うのは、モンスター狩りをするこの瞬間が幸せだからに違いなかった。それに、何も闇雲に飛び出したわけではない。勝算もあった。

「避けられないけど、防ぐことなら……多分できる！」

インベントは収納空間にモノを入れるための大きさ直径三〇センチメートルのゲートを開く。普段は自分側に向けて開くが、今回はモンスターに向けてゲートを開いた。そして光の矢が発射される一秒前に、タイミング良く右へ飛ぶ。

飛来する五本の光の矢。その内一本がインベントに迫る。

「ゲートシールド」

高揚しているインベントは、『理想郷《イングワズ》』の狩人たちのように技名を言いながらゲートを盾のように展開し、光の矢は収納空間の中へ。可能であればそのまま光の矢を納めてしまうつもりだったが――

（うん、想定通りだな）

収納空間は瞬時にゲートから光の矢を吐き出した。そのまま光の矢は、明後日の方向へ飛んでいく。光の矢を収納空間に入れたことは当然ないのだが、長年の経験で恐らく納めることはできないだろうと考えていたが、予想通りの展開に。

（跳ね返せれば最高だったんだけど……まあ防げるだけで十分かな。よ〜し、これなら囮役になれるぞ！）

インベントの自信は確信に変わっていく。とはいえ危険極まりない状況なのは間違いない。何せゲートは直径三〇センチしかない。手元が狂えば、一発でお陀仏。しかもゲートは一枚しか開くことができない。複数個所に光の矢が迫れば、防ぎきれないのだ。だが――

（うん、やっぱりそうだね。光の矢は一度に五本まで。そんでもって光の矢にはインターバルが必要。六秒ってところかな？　それに発射する前に微妙に溜めが発生するね。ふふ、うふふ）

インベントはオイルマン部隊長が光の矢で狙われている際に、簡単な仮説を立てていた。インベントは、自分の仮説が正しそうだと満足そうに頷いた。

モンスターの行動パターンを把握するのは常識だ。ただしこの常識は、『理想郷《イングワズ》』内での常識ではあるのだけれど。

さて、六度の回避に成功したインベント。ふと疑問に思う。――俺は囮の役割を果たせているのだろうか？　と。

（囮役ってのは、ただただ攻撃を避けるだけじゃだめだ。モンスターの注意を俺だけに引くぐらい

の嫌らしい動きをしなくちゃいけない。アタッカーが攻撃に集中できるようにしなきゃだよね）

囮役の役割については『理想郷《イングワズ》』で何度も見てきたから、多少なりとも分かっているつもりだった。彼らは華麗に回避や防御をしつつも合間で攻撃を挟んだり、ウロチョロと目障りな動きをしていたことをインベントはしっかり覚えている。

（アイツはまだ潜伏している隊長を気にしている。俺はもっとアイツの気を引かないといけない。鬱陶しい奴だと思わせないといけない。俺だけを見させなければいけない）

「へ、へへ、へへへ」

自然と笑みがこぼれるインベント。

（これだ……モンスター狩りはこうでなくっちゃ）

インベントの集中力が増していく。飛来する光の矢をやり過ごしたタイミングでインベントは一歩前に進む。攻撃は五本の光の矢。近づけば近づくほど、当然回避は難しくなる。

だが更に一歩進む。一歩だけだが、やはり怖い。何せ直撃すれば簡単に身体を貫通し、よくて足首が吹き飛ぶ強烈な攻撃だ。

インベントは一歩、また一歩と進むうち、少しずつ前傾姿勢になり腰を落としていく。インベントは本能的に、自分自身という的を小さくすることに成功していた。

「ぎっ！」

一本の光の矢が左手に掠《かす》る。ナイフのようにスパッと切れた痛みと、焼き切ったような熱さが一緒にやってくる。インベントは右手を突き出すようなポーズをとりモンスターに対し身体を斜めに構えた。更に的を小さくするために。

「グルルルル！」

怒りを露わにするモンスター。対するインベントは挑発的な笑顔。

（お？　いいね、怒ってる。これでこそ囮役！）

お互いの距離は一〇メートル。

近づけば近づくほど光の矢が飛来する時間は短くなる。一方、攻撃モーションは読みやすくなり、回避も容易になる。インベントは調子に乗り、どんどんモンスターに近づいていく。囮役としては、もう十分役割を果たしている。だが、オイルマン部隊長はまだ出てこない。なぜなら——

（な、なんでアイツ接近してんだ!?　それに、なんで光の矢が跳ね返ってやがる!?）

オイルマン部隊長からすれば、インベントの行動がまるで理解できないのだ。ゆえに、連携の仕方の判断がつかず、中々攻撃の一歩を踏み出せずにいた。

だが、高揚感に酔うインベントは更に接近していく。モンスターの双眸が怪しく光り、鬣は更に青白く光り逆立つ。そしてモンスターの身体が、深く沈みこんだ。インベントは目を大きく見開く。

（しまった！　行動パターンが変わった!?）

気づいた時にはもう遅い。モンスターを挑発しすぎたため、行動パターンが変わってしまったのだ。モンスターが一足飛びで襲いかかってくる。野生の獣、それもモンスター。飛びかかってくるスピードも、圧力も凄まじい。予想外の動きに避けることはできなかった。

「ぐああ！」

モンスターは馬乗り状態になり、インベントは両手が使えない状態になった。

「や、やば！」

「ガアアア!!」

押さえつけられた両手はまったく動かせない。爪が食い込み激しい痛みが腕に走っているのだが、そんなことはどうでも良かった。怒りに狂った瞳と、人間を簡単に絶命に追い込める牙がインベントに迫っている。背に冷や汗が伝う。死の恐怖が迫る。

「インベントォオオオオ!!」

どこからかオイルマンの声が聞こえた。

（た、隊長、ま、間に合うか!?　くそ！　まずい！　噛みつかれたら終わりだ！）

「ガアアア!!」

モンスターは少し息を吸い込むような動作をした。そして口腔内に光が見える。

（なるほどね……ゼロ距離で光の矢か）

「ふ、ふふ、もうダメだあ……」

インベントは力なく笑い、弱音を吐く。

（両手を封じられているこの状況じゃ、ゲートシールドは使えない。隊長が間に合わなければ、も

うおしまいだ）

光の矢の溜め時間が終わり、発射は目前——。と、そのタイミングでインベントは歯を見せて笑みを浮かべる。

「……なあ～んちゃって」

光の矢はこれまで見てきた回数で十分、発射タイミングは完璧に掴めていた。そして狙いはインベントの顔面。光の矢は五本で適度にバラけるが、これだけ近距離であれば範囲も限定できる。

「——ゲートシールド」

光の矢が発射される寸前でインベントはゲートシールドを展開した。

（詰めを誤ったねえ。手が使えなくてもゲートを開くことはできるんだよ。まあ正確性は落ちるけど、光の矢の事前モーションは単純だから、タイミングを見計らえば——）

零距離からの光の矢に対し、零距離のゲートシールド——収納空間に飲み込まれた光の矢は当然、全て収納空間に拒絶される。身体を貫くほどの凄まじい威力をモンスター自信が味わうことになった。

「インベントォォオオオオ!!」

インベントとモンスターが光の中に消えていくように見えていたオイルマン部隊長が、喉が裂けんばかりに叫んだ。インベントが死ぬと信じて疑わなかったのだろう。

「……ふう」

インベントは数秒の間をおいて、絶命したモンスターの身体を押しのけ上体を起こす。大量にモンスターの返り血を浴びているため、オイルマン部隊長の目には、死人が生き返ったように映り、恐怖で一瞬硬直した。

「お、おい！」

「あ、隊長」

あれだけの攻撃を受けたインベントがいまだ生きていることが、オルマイン部隊長は信じられなかった。

「い、生きてるのか……？」

インベントは興奮冷めやらぬ様子で、ケラケラと笑いながら――

「いえいえ、死んでますよ。なぁ～んて、死体が話すわけないでしょう？」

「生きている……んだな？」

「ははは、この通りですよ。いやはや勝手に自爆してくれてツイてました。それより、ひどいじゃないですか。いつまで待っても出てきてくれないし」

「そりゃお前……急に接近し始めるから……」

「え？　囮役なんだから当然じゃないですか。本当は合間で攻撃とかできれば、もっと良かったのになあ。いや～なかなか囮役ってのは難しいですね！　もっと色々考えないと……フフフ」

オイルマン部隊長は、任務初日の新人に、囮役とはどうあるべきかを語られて愛想笑いで返すしかなかった。なにせインベントは完璧に囮役をやりきった。というよりも、囮役なのになぜかモンスターまでたおしてしまったのだ。

オイルマン部隊長は自らを犠牲にするつもりだったのに、インベントに命を救われたことになる。

今後、頭が上がらないだろう。

「さ～て、みんなと合流しましょうか」

「お、おう。そうだな」

オイルマンはあっけらかんとしているインベントを見て――

（こ、こいつ……大物だな）

と感じつつ皆の場所に向かうのであった。


ドネルとレノアは、諦めかけていたインベントとオイルマンが無事戻ってきたこと、さらにはインベントが信じられないほど血塗れなことに驚いた。

「あ、あなた、血塗れじゃないの！　怪我は!?」

「ああ、これは返り血です。肩と腕を多少負傷しましたけど大丈夫ですよ～」

何事もなかったかのように報告するインベントに驚きつつも、レノアは無事であることに安堵する。

「隊長!!　よ、よくぞご無事で」

「お、おうドネル。はは、インベントのおかげで助かったぜ」

「あ、そうだった！　インベント！　お前勝手な行動しやがって！」

ドネルの怒りはインベントに向く。なにせ長年の友人であり仲間だったケルバブが戦死している。

そもそもインベントの行動は、先輩であるドネルの命令を完全に無視した行動だった。怒られても仕方がないのだ。だが――

「待て、ドネル。インベントのおかげで本当に助かった。というかあのモンスターを殺ったのはインベントだ」

「は、はあ？　そんなわけ」

「その話は後だ。それよりラホイルの状況は？」

横たわるラホイル。レノアが暗い顔で話し始めた。

「ラホイルは落ち着いています。出血が多く一時的に気を失ってはいますが、止血も完了しましたし命に別状はありません。ただ……足は切断されてしまっているので――」

「そうか」

オイルマンはがっくり肩を落とした。

「あの～、レノアさん」

「なに？　インベント」

「昔、切断した指を接合したって話、聞いたことがあるんですけど」

「うん、【癒《ギルフェ》】が複数名いれば可能よ。でもこの子は無理よ。時間が経ちすぎていると怪我の断面が古くなるし、なにより……切断された足も無い」

【癒《ギルフェ》】のルーンは文字通り癒しのルーン。【癒《ギルフェ》】のルーンを持つ能力者が複数人集まったり、周囲のルーンを活性化させる【喜《ウィン》】のルーンが加われば、相乗効果で癒しの力はより大きくなる。

「足はありますよ」

「え？」

「収納空間に足を入れておきましたから」

レノアは一呼吸置いて「足を!?」と叫んだ。まさか収納空間に一部とはいえ人体が入っているとは予想だにしない状況だった。

「小型でも生き物は収納できないんですけどね～、でも死体ならば収納できるんですよ。布でぐるぐる巻きにしているし生き物だと判断されなかったのか、もしくは身体の一部なら、生き物という判定にはならないのかも？　ふふ。あ～というわけで、状態は良いと思いますよ、ラホイルの足。今、出すと切断面が劣化すると思うんで、拠点に戻るまでは出しませんけど」

「そ、そうなのね」

オイルマン部隊長が割って入った。

「レノア」

「は、はい」

「ラホイルの足はくっつくのか？」

「可能性はあります」

「なら……急いで行動すべきだな」

「そうですね」

「それじゃあ俺がラホイルを担ぐか」

ラホイルを担ごうとするオイルマン部隊長を、ドネルが差し止めた。

「俺が運びますよ。俺が一番何もしてないっすから」

「そうか……すまねえ」

「隊長は先に戻って、【癒】《ギルフェ》の奴を集めといてくださいよ」

「よし。それじゃあ俺は先に戻るぞ。後はみんなに任せた」

「了解！」


数時間後――

ラホイルの足は無事接合に成功した。レノアの初期対応が良かったことや、収納空間に保管されていた足の状態が良かったことも大きい。森林警備隊の病院の待合室でインベントとともに待機していたレノアは、その報告を受け胸をなでおろした。

「インベントのお陰で助かったわ。ありがとう」

「助かったのはレノアさんのお陰ですよ。本当に【癒《ギルフェ》】のルーンを持つレノアさんがいてラッキーでしたね」

「ふふ。でも後遺症は残るかもしれないわね」

「後遺症……そうなんだ」

後遺症と聞いてインベントは少し暗い顔をした。それを察したレノアは――

「ま、まあ、たまーに傷が痛んだりするぐらいだと思うわよ！」

「あ、そうなんですね！　良かった良かった～！」

レノアは笑いつつも生あくびをかみ殺す。安堵しどっと疲れが出たのだ。

「それじゃあ俺はそろそろ帰りますね」

「うん。お疲れ様」

「お疲れ様でした」

インベントは家に向かう。すれ違う人は、にこやかなインベントを見て、何か良いことでもあったのだろうと思ったに違いない。

（いやあ……いい一日だった。モンスター狩り、実際に体験してみたら、やっぱり想像通り、いや、想像以上に楽しかったなあ～）

ケルバブが死に、ラホイルの足が切断された。だがインベントにとってそれらの出来事は、初めてモンスター狩りに参加でき『理想郷《イングワズ》』に近づけた感動と比べれば、些細なことだったようだ。

（ラホイル、足がくっついたみたいで良かったな～）

ニコニコしつつインベントは――

（これで……またモンスター狩りができるもんね。あはは）

彼の思考は、あくまでモンスター狩りファースト。モンスターを狩ることができただけで、今日は最高の一日だった、と感想をまとめ一日を締めくくったのだった。

幸先の良いスタートを切ったインベント。夢にまで見たモンスター狩りの日々が順調に続いていくと思っていた。行く手を阻むものなど何もないと思っていたが――

「な、な、なんでですか?!」

「いいから、黙って大人しく家にいろ」

翌日、インベントが仕事に向かうと、七日間の自宅待機命令が下された。事態の説明を求めるインベントだが、現れた総隊長であるバンカースは「とにかく待機だ！」の一点張り。

実はインベントに構っている場合ではなかったのだ。昨日オイルマン部隊長から報告を受けた総隊長のバンカースは頭を抱えた。なにせオイルマン隊はケルバブが死亡、ラホイルは怪我のため離脱。オイルマン隊は解隊を余儀なくされた。

バンカースは急いで複数の部隊長を招集し、オイルマン隊が抜けた穴をどうにか調整して埋めた。続いてオイルマン、ドネル、レノア、そしてインベントの配属先を決めなければならない。とはいえ複数の部隊長から配属要請があったためすんなりと決まった。――インベント以外は。

インベントは新人である。それも任務についたのはたった一日だけ。森林警備隊でインベントはまったく認知されていない存在であり、欲しがる部隊長は誰もいない。

バンカースはインベントの配属先に非常に悩んだ。自分が直々に合格を告げ入隊させたインベントに思い入れもある。また新人がたった一日で配属先がなくなるという前代未聞の事態、申し訳なさもある。良い部隊に配属してやりたいと思うバンカース。だがとある発言が、インベントの新たな配属先を決める決定打となった。

それは、インベントに一週間の自宅待機を命令し帰宅させた後、バンカース総隊長が、オイルマン部隊長、レノア、ドネルから任務の詳細を事情聴取している時の発言だった。モンスターをたおしたこともあり、当然インベントの事が話題に上がった。オイルマン部隊長とレノアはインベントのことを高く評価。そんな時、ドネルがぽつりと言った。

「だけど、ちょっと協調性はなさそうですよねえ」

ドネルの発言を聞き、バンカースは閃いた。

(協調性を磨くのにぴったりな隊があるじゃねえか！)


「それじゃあいってくるね」

「ああ……いってらっしゃい」

父ロイドは元気なくインベントを見送った。

任務初日でボロボロになって帰ってきたインベントが、翌日から七日間の自宅待機。このまま森林警備隊を辞めてくれるのではないかと、多少期待はしていたものの、一週間で何事もなかったかのように仕事が再開すると知り、内心落ち込んでいた。

（どうして、森林警備隊の試験に落ちてくれなかったんだ……我が子よ）

乗馬場に到着したインベントは、森林警備隊が管理する馬車に乗り込んだ。新たな配属先、マクマ隊がいる駐屯地へ向かうために。

マクマ隊とノルド隊

駐屯地はアイレドの町の南東に位置し、馬車で数時間。配属された各人に宿舎が与えられ住み込みで任務にあたる。駐屯地の目的は町にモンスターが接近しないようにするためである。町の南東はもっともモンスターが発生する地域であるため、駐屯地がモンスターの防波堤となっているのだ。マクマ隊部隊長マクマ・ヘイデール。チームワークを重視し、穏やかな性格で隊員からも人気がある。バンカースはチームワークを学ばせるために、インベントをマクマに任せることにしたのだ。現在、マクマ隊の任務は駐屯地周辺の警戒である。

駐屯地周辺を練り歩き、駐屯地にモンスターが接近しないようにする。人が歩いた場所や人が集まっている場所は人間の匂いや気配が土地に染み込む。そうすることでモンスターが接近しにくいテリトリーである安全区域を作っていくのだ。

さて、そんなマクマ隊に配属され二十日が経過したインベントだが、

（……なんかつまらないな）

駐屯地は通常新人が配属されたりはしない。なぜならばモンスターの発生率が高く楽しい――もとい危険だからである。モンスター三昧を期待していたインベントだが、その期待は大きく裏切られる。なぜならばマクマ隊は本当に駐屯地の周辺の安全区域しか警戒しない。モンスターの発生率が高い駐屯地だが、安全区域ではモンスターと遭遇する機会は少ない。

（この先には危険区域《楽園》が広がっているのに……）

駐屯地の場所と、オイルマン隊が光の矢を放つオオカミ型と遭遇した場所は、地図で見れば目と鼻の先。どうにかして安全区域を飛び出したい。しかしモンスターに遭遇できないマクマ隊の仕事は面白くないと感じつつも、クビになればモンスターを狩れなくなることを理解していたので、文句を言わずしっかりと任務をこなしていた。

ちなみにマクマ部隊長は、【器《ベオース》】が部隊の選択肢を広げる優秀なルーンであると高く評価しているようだ。

マクマ部隊長は、インベントに医療品、食料や水を持たせている。収納空間は物を入れた瞬間の状態をそのまま維持してくれる。食料は温かい状態を保ち、医療品は清潔な状態を保つことができ

るのだ。味気ない携帯食が焼きたてのパンに変わり、インベントはチームの中で重宝されることとなった。

「いやあ！　インベントが来てくれて良かったよ！　【器《ペオース》】持ちをもっと採用すべきだと僕は思ったね！」

「はあ……そうですか」

マクマ部隊長はそう言って毎日のようにインベントを褒めたが、当のインベントにとってはどうでもいいことだった。不満は日に日に溜まっていく。

（休みが多過ぎる……）

これはマクマ隊に限った話ではないが、森林警備隊は二日活動すれば一日休暇が基本となっている。毎日でもモンスターを狩りたいインベントだが休みたくもないのに休みがやってくる。とはいえこればかりはどうしようもなく、休養日は、悶々としつつも体力や筋力強化に励み、収納空間を弄りつくすのだった。

問題はまだある。最大の不満。それはマクマ隊の戦い方が全く面白くないことである。マクマ隊の戦い方は安全第一。モンスターと出会ったら、前衛の三名でモンスターに対してプレッシャーをかける。そしてマクマ部隊長と後衛が弓矢で牽制するのだ。

もしも襲い掛かってきたら、安全第一でしっかり防御に徹する。そのままモンスターが逃げてしまえば追わない。題して『森へお帰り』作戦だ。

マクマ部隊長のルーンは【伝《アンスール》】。【伝《アンスール》】は一方通行ではあるが、念話、つまり直接発声せずとも相手の脳内に直接言葉を届けることができる。このルーンを使用し、マクマ部隊長は、後方から的確な指示を出して、前衛と後衛を上手く連携させる。

安全第一。怪我もしない。仮に軽い擦り傷でも負ったらすぐに駐屯地に戻る。森林警備隊の目的はモンスターを殺すことではない。「警備隊」というその名の通り周辺の安全を守ることが目的だから、マクマ隊の戦い方は間違ってはいない。

そんな安全で平和なマクマ隊で、インベントにチームワークを学んでほしいとバンカースは考えていた。だが、このままではインベントのフラストレーションは溜まる一方だった。

（あれ？）

マクマ隊に所属してから三週間。マクマ隊の戦い方にも慣れてきた。いや完全に飽きていた。そんな時、妙なことに気づいた。

「あの、マクマ隊長」

「なんだい、インベント」

「あそこの白髪交じりの人、ひとりで森に入っていきますよ？」

インベントが指差す先には、頭髪の殆どが白髪になっている成年。鍛えられているが細身。そして非常に近寄りがたい雰囲気を醸し出している。マクマ部隊長は少し億劫な顔をしてから――

「あの人はノルド隊長だよ。相当な変わり者でね。隊長と言っても隊員はいないし、毎日ひとりで森に入っていくんだ」

「え、毎日？」

「ああ、そうなんだよ。危ないったらありゃしないよ」

「へえ……」

マクマはノルドを毛嫌いしているのだが、インベントにとってはどうでも良かった。インベントは、単独行動を許されているノルド隊長という存在を知り、良いことを思いついていたのだ。


休暇日の朝。森に入っていこうとするノルド隊長に近づくインベント。

「……なんだお前？」

「はじめまして。最近ここに配属された新人の、インベント・リアルトです」

「なんの用だ？」

「連れていってください！」

「……は？」

元々無愛想なノルドが、分かりやすくインベントを煙たがる。

「失せろ。なんで新人が駐屯地にいるのか知らんが引っ込んでろ」

「そう言わずに、お願いします！」

ノルド隊長は大きく溜息を吐く。同時に、親と子ぐらい歳の離れている少年に話しかけられて少々動揺していた。邪険に扱っても良かったのだが、とりあえず諭すことにする。

「所属部隊があるだろうが」

「ありますけど、休みばっかりでつまらないんですよ」

「つまらない……だと？」

ノルド隊長は顔をしかめた。

(このガキ、何を言ってやがる)

インベントは語気を強め——

「もっとモンスターを狩りたいんですよね！」

と言った。インベントはモンスターを狩りたいのだ。

「モンスターを狩りたい……だと？」

言葉通り本当に狩りたいだけなのだが、その熱意は、インベントの本意とは少し違った形でノルド隊長に伝わる。

(最近は気の抜けたやつが増えたと思っていたが。コイツ……どれだけモンスターに恨みを持っていやがる？)

勿論インベントはモンスターに恨みなんてない。ただ、『理想郷《イングワズ》』の世界のように多くのモンスターに出逢い、狩ってみたいだけなのだ。

「そうか……お前にも、譲れねえもんがあるんだな」

「はい！　モンスターを狩りたいんです！」

実は方向性は真逆なのだが、モンスターを狩るという点では一致している両者。

「まあいい。そういうことなら、連れていってやってもいい」

「やった！」

「だが、所属する隊長に許可は貰ってこい」

「え!?」

「勝手に連れていくわけにはいかん。規律は守れ」

「わ、わかりました」

(規律とか興味なさそうな人なのに……意外だ)

インベントは急いでマクマ部隊長のもとへ向かい、ノルド隊長に同行したいと伝えると非常に渋い顔をされたが、インベントの熱意に負けたのかしぶしぶ許可を出してくれた。が、許可をもらった旨をインベントが伝えた際、マクマ隊所属であることを知ったノルド隊長もまたなぜか渋い顔をしていた。


ノルド・リンカースは狂っている。

「またノルド隊長……単独で出撃したらしいぞ」

ノルド隊長は現在三九歳。八年前、アイレドから出発した馬車が、モンスターに襲われる事件が起きた。ノルドの妻と一〇歳だった娘が運悪く馬車に乗り合わせており、モンスターに惨殺されたのだ。それ以来、行き場のない恨みはモンスターへと向き、それ以来ひたすらモンスターを殺すことだけが彼の生きがいになった。

いつからか付けられた名は【狂人《くるいど》】。狂ったような狩人だから【狂人《くるいど》】。

そんな狂った男のもとに、これまたインベントというモンスター狩りに狂った男がやってきたのだ。

「俺は勝手にやるからお前も勝手にやれ」

同行する許可を得てきたインベントにノルド隊長は吐き捨てるように言った。

「はい！」

「出発が遅くなったが、日が暮れる前には帰る」

「わかりました！　あの～戦い方を見させてもらってもいいですか？」

ノルド隊長は不敵な笑みを浮かべつつ――

「好きにしろ。ついてこられるなら……な」

そう言ってノルド隊長は走り出した。とんでもない速さで。

「う、嘘でしょ？」

まさに風に乗ったかのようなスピードで走るノルド隊長。ノルド隊長のルーンは【馬《エワズ》】と【向上《ティワーズ》】。

【馬《エワズ》】のルーンは脚力が大きく向上する。

【向上《ティワーズ》】のルーンはその名の通り身体能力が向上する。ルーンは先天性のものであり、後天的に増えることはない。つまりノルドは産まれたときからルーンふたつ持ちだった。ルーンのふたつ持ちは十人中二人程度。またみっつ以上のルーンは発現しないとされている。【馬《エワズ》】と【向上《ティワーズ》】のルーンふたつ持ちは、走ることに関してこれほど優れた組み合わせはない。

インベントは久しぶりに発動した『反発移動《リジェクトムーブ》』で追いかける。だが速すぎて追い付けない。

（も、もう見えない！　な、なんて速さ！　くそ〜なんでみんな足が速いんだよ!!）

森林警備隊に入ってから、足の速さに劣等感を覚えているインベント。これまではどうにか追いつけたが、ノルド隊長の足の速さは次元が違う。どれだけ『反発移動《リジェクトムーブ》』を連発しようが追いつけるとは思えない速さ。

（……あんまりやりたくないけど、仕方ないか）

インベントは小高い岩に登った。

（もう見失っちゃったけど……とにかく追いかけてみよう）


（撒いたか？？）

五分ほど走り、ノルド隊長は立ち止まり振り返った。

（肉体強化系ルーンなら追い付けるかもしれんが……無理か。モンスターがどこに潜んでいるかわ

からん森を走る度胸はないだろう）

ぶっちぎりのスピードで走ったノルド隊長。ああは言ったものの、使いものにならない新人に付きまとわれるのは面倒であり、諦めさせるためにあえてそうした。だったらそもそも断ればいいようなものだが、せっかく話しかけてきたのだし、少し試してやってもいいか、と思い一度は同行を許可した。なんとも拗《こじ》れた感覚である。

（ま、諦めたならいいが……ん？）

何かが急接近していることを感じ取ったノルド隊長。

（どういうことだ？　モンスターじゃねえな。だったらアイツか？　だが……見えん。どういうことだ？）

もしものために剣を構えつつ急接近する何かを待つノルド隊長。

「――――ぎゃあああぁ」

悲鳴らしき声が聞こえる。だがどこから聞こえるかわからない。周囲を見渡し、ノルドはインベントの存在をやっと視認する。

（上かッ!?）

青空を駆け抜ける……というよりは不格好ながら空を飛び跳ねていくインベントを、ノルド隊長は見た。

「……は？」

インベントは『反発移動《リジェクトムーブ》』を連続利用し空中を突き進んでいた。

『反発移動《リジェクトムーブ》』で樹々を縫うように移動する事は難しい。そこでインベントは考えた。だったら障害物の無い空間。空を移動すればいいじゃないかと。

(ぎゃあああ！　怖いいい!!)

『華麗に空を舞う』には程遠く、空で必死にもがいている。下を見ている余裕もなく、ノルドを通り越して飛んでいってしまった。待っているつもりだったノルドが、なぜか追い抜かれている状況である。

(……これは、追いかけたほうがいいんだろうか？)

追い抜かれ、放置されるとは思っていなかったので目を細めた。

(これ以上先は危険区域だし……仕方ないか)

拗れてはいるものの、実はノルド隊長は面倒見が良いようだ。

インベントの空中移動には難があり、特に着地は見るも無残なものだった。強引に急ブレーキをかけ、体勢を大きく崩し、盛大に転がりながらの着地。

(痛ちち、もう少しどうにかしないとダメだなこりゃ……)

顔の泥を払いながら周囲の様子をうかがうインベント。

(結構進んだと思うけど、ノルドさんはどこだ？)

「おい」

「あ、ノルド隊長」

「……お前、空を飛べるのか？？」

「ん～、飛んだというか、突き進んだというか」

「そ、そうか」

ノルド隊長は言葉に詰まる。

（コイツのルーンはなんだ？　空を飛ぶルーンなんて……。『星天狗《ほしてんぐ》』じゃあるまいし）

変わり者の新人だと思いきや、まさか空を飛ぶ新人だとは思いもしなかった。どうやって空を飛んだのか知りたいが、興味津々で聞くのも格好が悪いと思いノルド隊長は口を噤むのだった。

「さて、モンスターたおしましょう！」


インベントの奇想天外さに平常心を乱されたノルド隊長だったが、しばらくすると、いつも通りモンスターを狩るモードに入れるほど落ち着きを取り戻した。

（やるか……）

深呼吸し、集中する。そしてモンスターの気配を探りつつ静かに移動する。

（……いたな）

ノルド隊長はオオカミ型のモンスターを発見した。インベントはまだ発見していない。ノルド隊長は石を放り投げ、モンスターの注意を逸らす。と同時に飛び出した。

ノルド隊長はモンスターに気付かれる前に喉を斬った。急所への一撃後、すぐにバックステップで距離をとる。

（い、いつの間にか狩り終わってる!?）

インベントがモンスターを発見した時には、すでに狩りは終わっていた。ノルド隊長は死にゆくモンスターに反撃能力がないことを確認し、その場を離れる。その後、ちらとインベントを見たが、すぐにすたすたと移動してしまう。慌ててインベントは追いかける。

その後ノルド隊長は、淡々と四体のモンスターを狩っていった。淡々と効率的に。

インベントはモンスター狩りの高揚感を味わいつつも、色々と理解しがたいノルドの狩り方に興味津々である。

狩り始めてから三時間ほどが経っただろうか。日が高く上った頃。

「ふう……」

ノルド隊長が休憩をとるようなので、インベントも休憩をとることにした。

「――嬉しそうだな」

「え!?　そうですかねえ？　ふふ、やっぱりモンスター狩りはいいですねえ」

「そうか」

インベントの並々ならぬモンスターへの恨みを感じ取り、ノルド隊長は小さく頷いた。続けて懐から、なにやら緑色の塊を取り出し口の中に放り込む。団子状ではあるものの、まるで土と草を固めたかのようでどう見ても美味しそうではない。

「あの……それってなんですか？」

ノルド隊長はその団子状のものを「一つやる」とのことで、投げてよこした。じっくりと眺めてみると様々な雑草の香りが混じりあった匂いがする。食べてはいけない――と思いノルドを見ると二つ目を口に放り込んでいた。嫌な予感がしつつも断り難い。仕方なく――ありがたく食べてみることにする。

「お、オエエ！　な、なんだコレ!!」

口の中一杯に広がる草原を感じ、インベントは吐きそうになった。

「薬草と雑穀を練り合わせている。身体に良い」

「す、凄いですね……こりゃあ不味い！」

ノルド隊長が少しだけ笑った。不味いことは百も承知であり、危険区域を全く怖がらない新人へのちょっとした嫌がらせである。

「よかったら何か食べますか？」

「ん？」

インベントは収納空間から、肉やパンを取り出した。収納空間は、入れた瞬間の物の状態をそのまま保存するため、温かく美味しい匂いが辺りに立ち込めた。それらをインベントが目にも止まらぬ速さで収納空間から取り出したため、ノルド隊長にはいきなり手から食材が飛び出したかのように見えた。だが、ノルド隊長は驚きつつも、冷静に分析し――

「【器《ペオース》】か？」

「あ、はい」

「ほかには？」

「いえ、僕のルーンはこの通り、【器《ペオース》】だけです」

インベントは、手のひらをノルド隊長に見せた。

「珍しいな」

【器《ペオース》】持ちの隊員は少ない。ノルド隊長はルーンに関してはある程度詳しいが、前線部隊で【器《ペオース》】のルーンを持つ隊員と関わったことはこれまでなかった。なぜ戦闘向きのルーンではない【器《ペオース》】の男が前線部隊に？　――と思いつつもインベントの装備がナイフ一本のみと軽装であることに納得がいく。メイン武器は収納空間にあるのだろう。

だが、新たな疑問が次々と湧いてくる。なぜ補給部隊ではなく前線部隊に配属されたのか？　戦闘向きではないルーンに、貧弱な身体。弓が得意とも思えない綺麗な手。どれだけモンスターを憎んでいようが入隊試験を合格できるとは到底思えない。それに【器《ペオース》】でどうやって空を飛ぶのか？　疑問は尽きないのだが、まずは言わなければならないことがある。

「おい」

「他にもチーズとかも……」

「全て、仕舞え」

「え？」

「全て——仕舞うんだ」

「は、はい」

インベントは一瞬で全てを仕舞った。

「ハア。一つ言っておく」

「はい」

「匂いがきつい食べ物は持ち歩くな。モンスターにばれる」

「あ……なるほど」

「もっと言うと、お前の服は綺麗すぎる。洗うなとは言わんが、水洗い程度にしろ。モンスターを殺《や》る時、先制できるかどうかが重要だ。マクマ隊みたいに駐屯地周辺で引きこもりたいなら構わんが、危険区域に入るなら極力人間の匂いは消せ」

ノルド隊長の服装は見すぼらしい。襤褸《ぼろ》を纏っていると言われても仕方がないレベルだ。それはノルド隊長がモンスターを狩り、殺すことを念頭に置いているからである。

これに対し、マクマ隊やこれに準じる一般的な森林警備隊の面々は、人間の匂いをあえて強くすることで、人間のテリトリーであることを誇示する。そうして安全区域を広げる事が、主な森林警備隊の仕事でもあるからだ。インベントは、ノルド隊長がモンスターをたおすため、敢えてみすぼらしさを選択していることを知った。そして再度「なるほど」と呟いた。

昼食を終え、ノルドはまた歩き出す。一五分経たずにモンスターを発見し、いとも簡単に斬った。

「あの、一つ聞いていいですか？」

「なんだ？」

「どうしてそんなにモンスター、探せるんですか？」

「……帰りに教えてやるから待ってろ」

「わかりました」

その後、ノルド隊長は日が落ちるまでに八体のモンスターを殺した。インベントはチャンスがあればモンスター狩りに参加しようと思っていたが、残念ながらいつの間にか狩られているモンスターたち。ならばと、ノルドの動きを注視し、モンスターが狩られる前にモンスターの居場所を特定することに集中する。そしてモンスターを狩るシーンを目に収めると恍惚な顔をするのだった。そして――

（……さすがに、熱心に見過ぎだろ。なんだか気持ち悪い野郎だな。そんなにモンスターに恨みがあるのか？）

とノルド隊長に思われたのだった。

帰路につく時、インベントがそわそわしているのを見て、ノルド隊長が仕方なく話し出す。

「モンスターを探す方法だったな」

「はい！」

ノルド隊長は顎を一擦りした後――

「一番簡単なのは【人《マン》】のルーンを持つ奴がいればいい。【人《マン》】のルーンは一定範囲内の気配を読む力がある。ま、【人《マン》】はそこそこレアだけどな」

「なるほど」

「あとは【猛牛《ウルズ》】か【馬《エワズ》】、俗にいう動物系ルーンだな。この二つのルーンは動物的な勘が働くようになる。といっても【人《マン》】ほど便利ではない。気配に少し敏感になる程度だ」

「へえ～」

【猛牛《ウルズ》】も【馬《エワズ》】もよくあるルーンである。一般的にはどちらも身体能力が強化されるルーンだと知られている。【猛牛《ウルズ》】であれば特に腕力が、【馬《エワズ》】であれば特に脚力が強化される。インベントも身体能力の強化は知っていたが、探知能力があることは初めて知った。

「ただ個人差が大きい。人によっては全く勘の働かない奴もいる。俺は【馬《エワズ》】持ちだが、ソロで狩りをやってるうちに少しずつ鋭くなったようだ。元々はモンスターの足跡や、爪痕を注視するようにしていたんだが、ここ数年で気配が完全にわかるようになった。ま、感覚の話だから他の奴と比べようがないがな」

「ふむふむ」

——沈黙。

「え？　終わりですか⁉」

「ああ」

「なんだ～……じゃあ俺には無理じゃないですか」

「基本的にソロなんて自殺行為だ。おとなしく部隊の仕事をやっていろ」

インベントは口を曲げた。

「でも……そのお～……」

「なんだ？　言ってみろ」

「いや～マクマ隊のやり方ってその～」

ノルド隊長は消え入るような小さな笑いの後——

「マクマ隊は安全第一の腰抜け部隊だからな」

「ははは、腰抜けか……腰抜けね」

ノルド隊長は、マクマ部隊長が嫌いである。壊滅的に性格が合わないのだ。

「ふむ」

ノルド隊長は少し考えた。

（このガキ、マクマ隊のやり方が気に食わねえのは確かなようだ。ククク、おもしれえ。当てつけに少し指導してやろうか）

ノルド隊長は戸惑うマクマ部隊長を思い浮かべ、片方の口角を上げ仄暗い笑みを浮かべた。完全に悪役のソレである。

「おい、これからも狩りについてくる気か？」

「はい！　勿論！」

「何が勿論だ……。まあ、うっとうしいが、いいだろう。その代わりマクマ隊の任務が無い日は毎日来い」

「え？」

「つまり休み無しだ。それでもいいなら狩りのイロハぐらいなら教えてやる。それとも休み無しは嫌か？？」

「願ってもないです！　それでお願いします！」

ノルドは「いいだろう」と笑みを噛み殺して言った。

（やはりコイツのモンスターに対しての憎しみは本物だ）

――否、インベントは、『理想郷《イングワズ》』に憧れ、ただモンスターが狩りたいだけである。

駐屯地に戻ったふたり。駐屯地周辺は視界を確保するために伐根されており見通しが非常に良い。

駐屯地に柵や防壁は無く、物見櫓が見えると駐屯地に戻ってきたと実感する。また、日没までは時間があるが、設置された篝火《かがりび》には【灯《カノ》】のルーンでぽつぽつと青白い炎が灯されていた。

食堂や病院、それに居住区は駐屯地の中心に位置し、屋外訓練や各隊の集合場所に使用される広場、武器倉庫、厩舎などが周辺に配置されている。

任務を終えた隊員は駐屯地中心部へ向かうのだが、ノルド隊長は無言で駐屯地の周辺を歩き始めた。インベントも無言でついていく。途中で二本の訓練用木剣を手に取り、駐屯地から少し外れたところにある開けた場所にやってきた。人為的につくられたであろう広場だが、どこか廃れている。

「かなり前に破棄された広場だ」

「へえ」

「ちょっと打ち込んでこい。実力を見てやる」

ノルド隊長は木剣を手渡し、模擬戦を始める。多少なりともインベントの剣術に期待していたノルドだが――

「酷いな……こりゃ酷すぎる」

ノルドはインベントの弱さに頭を抱えた。

「や、やっぱりだめですかね？」

「細身の身体だとは思っていたが、剣術の才能が全くない。そもそも剣を握った経験が無いな？」

「は、はい。剣は今練習中というか……去年までは父の仕事、運び屋を手伝っていました」

ノルドは大きく溜息を吐いた。

(ここまで無能なのは想定外だ……)

あまりに弱いインベントに、ノルド隊長は立ち眩みを覚えるほどだった。だが、別の考えが頭をよぎる。

(こいつ……どうやって入隊試験に通ったんだ？　モンスターの位置を特定できる【人《マン》】や【癒《ギルフェ》】みたいな即戦力のルーンならまだしも【器《ベオース》】だしな。そもそも、バンカースの野郎と模擬戦はしたのか？　そうだとしたら、どうやって受かったんだ？)

ノルド隊長は木剣をクルクルと回す。

「お前、入隊試験はやったのか？」

「は、はい」

「バンカースと模擬戦か？」

「はい」

(つまり……バンカースは戦ったうえでインベントを入隊させたってことか。何故だ？　こいつは……なんだ？　不正入隊か？　バカな)

入隊試験を突破した以上、バンカースが認めたという証拠である。

「お前」

「はい」

「入隊試験の時はどうやって戦った？　どうやってバンカースを認めさせた？」

「どうやってって言われても……。『なにをしてもいい』って言われたから」

「そうか、得意武器が違うのか。槍か？　ナイフか？」

「う～ん得意武器と言うか……」

答えに辿り着けないノルド隊長。

「よしわかった。もう一度入隊試験だ。俺がバンカースだと思ってかかってこい。なにをしてもいいぞ」

「そうですか、わかりました」

(だから、人間相手は苦手なのになぁ……。でも、愛想を尽かされたら今後は連れて行ってくれないかもしれない。モンスターのためだ、やるだけやってみよう)

インベントは入隊試験を思い返し、周囲を見渡して、折れて破棄された木剣を拾い上げ、二刀流の構えに。

「それじゃあいきますよ」

頷くノルド隊長に対し、インベントは左、右の順で剣を投げた。

入隊試験の再現。そこから何度もインベントはノルド隊長を驚かせる。

武器を扱う技能は滑稽とも呼べるレベル。だが、収納空間を扱う技術は異常なほど洗練されている。

ノルド隊長は、まるで手から武器が生え、掌が盾に変化したかのように錯覚する。剣が槍に、槍が斧に。間合いが目まぐるしく変わる。距離をとっても、ナイフが飛んでくる。そして『反発移動《リジェクトムーブ》』で予期せぬタイミング、予期せぬ方向へ移動する。

（……なんなんだコイツは）

これまでの対人経験や予測が全く通じないインベントの動き。ノルドはバンカース同様、大いに翻弄される。ただ、バンカースほど翻弄されなかったのは、事前にインベントのルーンを知っていたことが大きい。加えて、ノルドには【馬《エワズ》】のルーンから来る野生の勘がある。インベントの企みを、勘でバンカースより多少は察知することができた。

模擬戦の終盤になると、ノルドはインベントの動きを観察できるようになっていく。だが知れば知るほど、わけがわからなくなっていく。そのうち、ノルドはもっとも理解不能な『反発移動《リジェクトムーブ》』に注目する。

模擬戦が終わった後――

「おい」

「は、はい」

「急に加速するやつは、なんだ。もしかして、空を飛ぶ技の応用か？」

「逆ですね。『反発移動《リジェクトムーブ》』を連続使用することで空を飛べます」

「その……リジェなんとかはどういう仕組みなんだ？」

「あ、『反発移動《リジェクトムーブ》』は、収納空間の反発力を利用しているんですよ」

「反発力だと？」

インベントは嬉々として語り始める。

「収納空間に収納出来ないモノを入れるとですね、吐き出す力が発生します。これを反発力《リジェクト》と呼んでいるんですけど、その反発力《リジェクト》を利用するのが、『反発移動《リジェクトムーブ》』なんです」

そう言って、インベントは剣で大地を突き刺すように動かし、タイミングよくゲートを開く。直後、インベントの身体が少し浮く。

「ほお」

「ただまあ、課題もあって、飛ぶ距離とか方向の制御が難しいんですよね。だから、模擬戦の時はある程度大雑把と言うか、安全を考慮して使っています。近づき過ぎると相手の武器に突っ込んで自爆しちゃいそうですし。ちなみに森林の中で使うと生傷が絶えません。なので遮蔽物の無い空中で使うのが一番便利かな～と、やってみた結果が昼間のあれです。まあ着地に難ありでしたけどね」

ノルドは考える。収納空間の性質はわからなくても、『反発移動《リジェクトムーブ》』の仕組みはある程度理解できた。

「その技、制御できないのが厄介だな」

「そうなんですよね～。まあ、元々は緊急回避用に考えた技だったんです」

ノルドは「なるほど」と呟き、目を閉じた。

（こいつ、頭は悪くなさそうだな。どうにかあの奇妙な動きを攻撃に使えねえもんかな。そうすり

や、マクマへの当てつけにも使えそうだ……クク）

「おい」

「はい」

「単なる思いつきだが、こんな動きはできねえのか――――」

ノルドの動機は不純ではあるものの、提案された新しい技の方向性にインベントはワクワクと心を高ぶらせた。

インベントの収納空間の使い方は独学。『理想郷《イングワズ》』の狩人たちが素早く前後左右にステップする動きなどを参考にはしているが、『理想郷《イングワズ》』の狩人とインベントの実力には大きく隔たりがある。もちろんその実力差は、収納空間の使い方だけではなく、体力筋力すべてにおいて、ではあるが。

人生で初めて、他人から収納空間を戦闘に活かすためのアドバイスを貰った。そんな経験が嬉しくて、インベントは終始ニヤニヤしてしまう。

ノルド隊長の提案を実現するためになにをすべきか？　検証しなければならないことは？　次々に溢れるアイディアにインベントは居ても立っても居られなくなり、走り去っていく。そんなインベントの背中を見てノルドは思った。

（……やっぱり変な奴だな）

それからインベントの部隊掛け持ち生活が始まった。

マクマ部隊長はインベントがノルド隊長と関わることを嫌がり、それとなく止めるように提案するがインベントの知ったことではなかった。訓練をし、もっと強くなれば、同行だけでなくモンスターを狩ることも許可してもらえるかもしれない。インベントの頭の中はモンスター狩りのことばかりだった。

マクマ部隊長としては、まさか『狂人《くるいど》』のノルド隊長がインベントの帯同を許可するとは思っていなかった。

一方ノルド隊長はノルド隊長で、インベントがついてこようが変わらず、モンスターをひらすら狩るだけ。ひとりの時と変わらぬ『狂人《くるいど》』のノルド隊長。インベントのことなど気にもせず、ただモンスターを狩る。少しだけ狩りの様子が見やすいように立ち位置などは配慮しているが、ほとんど自分ひとりで狩りに出かけるときと変わらない日常を過ごしていた。

さて、ノルド隊長はインベントに課題を与えていた。インベントは、課題の意図を全て理解できたわけではなかったが、言われた通り、とにかく練習した。凝り性なインベントにとって、お題が与えられたことは好都合だった。課題をクリアした先には、ノルド隊長のように単独でモンスターを狩れるようになるかもしれないと期待に胸を膨らませながら。

与えられた課題はたった一つ。『反発移動《リジェクトムーブ》』で三メートル先の狙った場所に移動すること。たったそれだけ。だが――

（難しい……）

とにかく練習したが、毎日失敗の数を積み上げていく。収納空間から得られる反発力で三メートル以上移動することは難しくない。だがキッチリ三メートル移動する分のエネルギーに調整することも、狙った方向に移動することもどちらも難しい。

同じ剣、同じ威力、同じ角度。インベントは同じ動きをしているつもりなのに返ってくる反発力は毎度違う顔を見せる。自分では同じと思っていても、寸分違わぬ動きができていないのだろうか。

課題を与えられてから、インベントは何度も剣を収納空間に突き刺した。その回数は優に千を超えている。そして出した結論は――剣をやめることである。

(剣はだめだねこれ。剣というか先端が尖っている武器は全般無理かも。刺す角度、刺す強さ、少しのズレで反発力が大きく変わってきちゃうし。これじゃ何年かかるかわかんない)

そのまま攻撃への移行がスムーズなこの長剣が理想ではあったが、終わりが見えないので方向性を変えることにする。

次にインベントが選んだのは盾。ゲートのサイズを考慮した小型の盾で反発力の確認作業に入る。

剣ほどではないが、やはりばらつきが発生する。だがこれまた何度も何度も繰り返すインベント。そしてインベントは気付く。反発力は気まぐれな力ではないことを。同じ角度と同じスピードならば、反ってくる力は同じであることを。

そして更に途方もない回数を繰り返す。同じ動きを再現できるように何度も何度も。そして元々の盾は攻撃を受け流すために丸みを帯びていたが、反発力の計算上その丸みが邪魔なことに気付き、無理矢理叩いて平らに引き延ばし、邪魔なところは削り落としてみることにした。出来上がったのは、円形で小型の平らな盾。それはもはや鍋の蓋にも見えた。

そしてやっとのことでおよそ三メートル分の反発力を得る方法を体得した。

一応はノルドが求めるレベルには到達したインベントだったが――

（角度はどうしようかな。シュッっと移動したいよねえ～）

三メートル先に、『シュッ』と――移動後すぐに次のアクションに移れるよう、素早く移動し華麗に着地する。そのためにベストな角度を考え、検証する。これまた何度も何度も。角度が大きければ山なりになる。逆に小さければ『シュッ』とした移動になるが、足への負担が大きいようだ。

・三メートル分、身体を移動させること
・足への負担がかかり過ぎないこと
・可能な限り飛翔時間を短くすること（シュッ）

この三項目を完璧に満たす最適解を導き出すために、やはり途方もない数の試行錯誤を繰り返す。

（もっと速く……もっと正確に……）

皆が酒を飲んだり、カードゲームに興じる中、ひとり訓練を続けた。マクマ隊の任務、ノルド隊長のモンスター狩りへの同行の両方をこなしながらも、三メートルを極めるために寝る間も惜しんでの訓練に時間を費やした。

多少の回数ならまだしも、膨大な回数を繰り返した結果、身体にも影響が出ている。特に盾を持っている右腕部の各所には慢性的に鈍い痛みが発生していた。また着地の衝撃で、両足にも負担がかかり、特に足裏の皮はボロボロに。正気の沙汰ではない。

マクマ隊はコミュニケーションを大事にする隊。隊員はインベントのことも気にかけてくれていた。任務後に食事に誘ったこともあるが、訓練があるから忙しいとすべて断られた。

であればと訓練の内容を聞いてみるのだが、なにを言っているのか理解できない。「収納空間を使い三メートル先に移動する」と言われてもちんぷんかんぷん。だが止めろとも言えない。マクマ隊での任務はしっかりこなしているし、とにかく訓練に対しての熱意が凄まじい。

徐々に理解し難い新人としてマクマ隊で浮いた存在に。だがインベントは全く意に介さない。

なにがインベントをそこまで突き動かすのか？　ノルドから課題を与えられたことが嬉しかったから？　それも多少あるが、すでにインベントにとっては過去の話であり、どうでもいいこと。インベントの異常なまでの熱意には別の理由がある。

『反発移動《リジェクトムーブ》』で三メートル先の狙った場所に移動することが、練習を繰り返す中でとある言葉と紐づいたのだ。――それは『無敵回避』である。

インベントが『理想郷《イングワズ》』で何度も目撃した動きがある。それはモンスターの攻撃が当たったと思った瞬間、弾けるような光とともに狩人が回避する特殊な動きである。この絶妙なタイミングでの回避では、まるで瞬間移動したかのように高速移動しモンスターの死角に回り込むことができる。そこからカウンターで、強力な一撃を喰らわせることも可能だった。そんな攻撃を生み出せる回避行動がインベントは大好きであり、これを『無敵回避』と名付けたのだ。

この『無敵回避』は目にも止まらぬ高速移動であり、時にまるでモンスターを擦り抜けるような動きをする。『無敵回避』の移動距離は決して長くなく、目視で見るに、およそ——三メートル程度。

そう、およそ三メートルなのだ。だからインベントは気付いたのだ。

（あれ？『反発移動《リジェクトムーブ》』の三メートル移動って、『無敵回避』に似ていないか？）

——と。『無敵回避』と紐づいた時点で課題はただの課題ではなくなり、妥協は許されない研究対象となった。


ノルド隊長に課題を与えられてから二十日間が経過した。

「ノルドさん、できました！」

「そうか」

ノルドはずいぶん時間がかかったなと思った。とはいえ【器《ペオース》】のことをよく知らないノルド隊長としては、二十日間が長いのか短いのか判断できない。だからこそ待っていたのだ。

「とりあえず見てみることにしよう」

そう言って駐屯地から少し離れた場所にふたりは移動する。

駐屯地には多数訓練可能な広場はあるが、ノルドとしてはインベントと一緒にいるところを誰かにあまり見られたくはなかった。実は、ここ数年一匹狼だったノルドに連れ合いができたことが、駐屯地内で瞬く間に話題になったのだ。隠し子なのではないかと噂されるほどに。失った娘が生きていればたしかにインベントと同じくらいの年になっているはずで、その噂には複雑な心境を覚えていた。

「ここらでいいだろう」

「はい！」

インベントはウズウズしていた。早く披露したくて仕方ないのだ。

「それじゃあ、やってみますね！」

ノルドは頷いた。インベントは少しだけ緊張しつつも、何度も何度も繰り返した動きを再現する。収納空間から盾を取り出し、間髪容れずに収納空間内の砂袋が配置されている場所に盾を収納しようとする。腕に伝わってくる反発力は相当だが、腕を真っすぐ伸ばし反発力を無駄なく移動のためのエネルギーへ転換。この動きの為に、だいぶ利き腕の筋力もついたと思う。

インベントの身体が上斜め一五度に飛ぶ。必要最低限だけ浮いた身体は三メートル先へ。

着地は踵から。勢いをしっかりと殺し見事に着地した。

（上手くいった！）

「どうですか!?　ノルドさん!!」

褒めてほしいと思う子供のように、無垢な顔でノルド隊長を見るインベント。だがノルド隊長はインベントが移動する前の場所をじっと見ていた。

「の、ノルドさん？」

ハッとしてノルド隊長はインベントを見る。そして再度、インベントが移動する前の三メートル手前の場所を見て目を見開いた。

（なんだ今のは？　き、消えた？　消えたようにしか見えなかった）

ノルド隊長は息を飲んだ。

「お、おい！」

「はい？」

「も、もう一度やってみろ」

「はい！」

嬉しくなりインベントはもう一度やろうとする。

「ちょ、ちょっと待て！」

ノルド隊長は白髪交じりの髪をかき上げた。そして周辺視野を最大限まで活かすように、広角に視野を広げる。

（集中すれば……見えるはずだ！）

ノルド隊長はインベントが今いる場所と、進むであろう三メートル先を視界に収めた。インベントはさも当然のように移動する。ノルド隊長は辛うじて移動したことを認識した。

（な、なんだ、この気持ち悪い動きは⁉）

ノルド隊長が気持ち悪いと思ったのは、この三メートル移動には『起こり』が皆無だからである。人間は行動するときに、何かしらの『起こり』が発生する。

つま先を立てる、膝を曲げる、腰を捻る、頭を動かすなど、どんな動きでも身体は多少なりとも連動するからだ。テレフォンパンチのような『起こり』がわかりやすい攻撃は回避しやすい。逆に言えば『起こり』がわかりにくい攻撃は読みにくい。極端な例だが『右ストレートでぶっとばす！』と事前に叫んでから飛んでくる右ストレートは大抵の人は避けられる。

インベントの三メートル移動は『起こり』が腕部に発生する。それも目にもとまらぬ速さで収納空間から反発力を得ている。これを予測するのは非常に難しい。更に反発力は音が発生しないため、まるでぱっと消えたかのようにノルド隊長は錯覚したのだった。

「どうでしたか？」

（どうもこうもあるか！　無茶苦茶じゃねえか！）

素直に褒めれば良いのだが、ノルド隊長としては非常に複雑な気分だった。よもや「見えなかった」なんて言えるはずもない。

「ま、まあまあだな」

「そ、そうですか！　良かった！」

「……技を教える」

「え？」

「正確な動きができるようになったんだ。技を教えてやる」

「や、やった！」

（ま、技と言っても、ここまでの動きができるなら……ククク）


三メートル移動をインベントは『縮地』と命名した。そしてノルド隊長が提案したのは『縮地』からの上段斬りである。単純な提案でありすぐに習得できるかと思いきや、まさかの難航。上段に構えた剣を振り下ろすだけなのだが、いかんせんインベントの動きがぎこちない。縮地で使った盾を剣に持ち替えるまでは難なくこなすが、慣れない間は剣がすっぽ抜けたり、振り下ろすのが速すぎたり。ノルド隊長は頭を抱えた。

（壊滅的に戦闘や、剣術のセンスが無ぇ。上段切り単体でやらせてみたが、本当に酷ぇ。ここまで酷いと教える気にもならん）

結局、上段斬りは諦め『縮地』からの突きに切り替えた。

突きならば、武器を左腕に構えたまま『縮地』を使えばどうにか格好はつく。

「斬撃のほうが使い勝手がいいが、まあ仕方ねえな」

「あはは」

「だが握力は鍛えろよ！　お前の貧弱な腕だと、攻撃したお前が怪我しちまいそうだからな！」

「は、はい」

「ふん」

ノルド隊長は呆れ顔の後、ほくそ笑む。

「さあて、今後の話をするか」

「今後ですか？」

「ああ。マクマ隊でもたまにはモンスターと遭遇するだろ？」

「本当にたまにですけどね」

「その時……刺せ」

「刺す？」

「そうだ。モンスターをあの縮地で刺し殺せ。できるだろ？」

「……そりゃあ、まあ」

「マクマ隊のやり方は知ってる。みんなでお手々繋いでモンスター威嚇すんだろ？　ったく女々しいやり方だ」

「は、はあ」

ノルド隊長は不機嫌な顔になった。

「まあいい。せっかくモンスターの注意を引いてくれるんだ。それを利用しない手はない。モンスターがお前から目を切った瞬間に刺せ。刺したらすぐに退避、それだけ。簡単だろ？」

「まあ……そうですね。やってみます」

インベントはそう答え、初めて次のマクマ隊の任務日を待ち遠しく思った。


「今日も頑張りましょう～」

マクマ部隊長がにこやかに号令をかけ、今朝も任務が始まった。いつも通り安全な任務。危ない場所にはいかず、モンスターとの遭遇も少ない。

それでも意味はある。いや大いに意味がある。人が通れば人の匂いが残る。人の匂いがする場所に、動物は近寄りづらくなる。モンスターも同様に人の匂いがする場所には近寄らない。だからこそ、マクマ隊のように、周辺の森を徘徊するだけでも効果はあるのだ。モンスターを殺さず、死傷者も出さず、ルーティーンをしっかり守って任務をこなすマクマ隊は森林警備隊で評価が高い。さて――

「む！　モンスターですよ！」

マクマ部隊長が大きな声で注意喚起する。そこには犬ぐらいのサイズのネズミ型モンスターがいた。ネズミ型モンスターは頻繁に出現するが、弱い。とはいえマクマ隊の場合、威嚇する『森にお帰り』作戦がセオリーだ。インベントを含めた三名はいつも通り左右に展開し威嚇を始めた。

「オラオラー！」「どうしたどうしたー！」

モンスターは「ギギギッ」と鳴き声をあげながら敵意を剥き出しにしてくる。とはいえむやみに突っ込んでくることは稀である。多勢に無勢であることは理解しているのだ。ネズミ型のように小さいモンスターは威嚇されている状況で滅多に飛びかかってきたりしない。

「ほれほれー！」

モンスターの注意がインベントの反対側の隊員に向いた、その時――

（今だ）

インベントは一歩踏み出しモンスターとの距離が三メートルの地点へ。そしてすぐさま槍を構えたと同時に『縮地』を発動。

「えい!!」

縮地の勢いそのままに、モンスターの頭部に槍が貫通する。

本来ならば『幽壁《かくへき》』が発動するはずだが、意識外からの攻撃に対しては『幽壁《かくへき》』は発動しない。インベントは、幽壁が発動しないほど相手に効果抜群のこの攻撃を、『理想郷《イングワズ》』の世界の一撃必殺攻撃が眩い光を放つことから『閃光撃』と名付けた。恍惚感で笑みを浮かべたインベントだが、すぐにモンスターから離れる。

「ギギャヤッヤヤヤヤヤ！」

モンスターがのたうち回るが、ほどなくして絶命した。インベントはモンスターを狩れてご満悦。だがマクマ隊の隊員は呆然としていた。誰よりもマクマ部隊長が一番驚いていた。

(あ、あの子、なんで攻撃を?)

マクマ部隊長は当然攻撃の指示など出していない。マクマ部隊長はかっと身体が熱くなる。

「なッ! な、な、な……」

マクマ部隊長は「なぜ攻撃したんだ!?」と怒鳴りつけようとした。だが言葉を飲み込んだ。

(モンスターを討伐して……怒鳴るわけにはいかないか。『モンスターを攻撃するな!』なんて……言えないよな)

マクマ隊ではイレギュラーだが、新人が勇気をもってモンスターに一撃を喰らわせ、絶命まで至らせたことは称賛されてもおかしくない。新人の中にはモンスターに攻撃することができず挫折する者もいる。実はマクマ隊は、モンスターを攻撃できなかった者達の集まりなのだ。モンスターとはいえ生物だからと殺すことに抵抗を感じたり、いつ暴走し殺されるとも分からぬモンスターと、いざ対峙すると恐怖で動けなかったりする新人隊員を引き取り、少しずつチームワークと自信をつけさせてからまた他の隊に戻す、まさに教育係のようなポジションの隊なのであった。

その点、インベントはモンスターを殺すことに迷いは全く無い。むしろモンスターを狩るために森林警備隊に入隊したインベントは、初めのオイルマン隊でも、今も、モンスターを狩ることを楽しんでさえいる。どちらかといえばインベントが新人隊員としては異常なのだ。モンスターを狩れなかった者が集まるマクマ隊に入ったことで、さらにインベントの異常性は際立っていた。

マクマ色に染まっていた隊に、突如現れたインベントという異物。マクマ部隊長は口をパクパクさせた。

（な、なんて声をかければいい？　どうして攻撃した？　規律を乱すな？　危ないから攻撃は止めようね？　違う、そうじゃない。僕は……頼まれたじゃないか。バンカース総隊長に『頼んだ』って言われているんだ。や、やる気を削いじゃぁ……いけないよな）

マクマ部隊長は思考がドロドロになりながらも……言葉を紡ぎだした。

「よ、よくやったなあ……インベントォ」

インベントは屈託のない顔でニコリと笑った。マクマ部隊長は屈託な笑顔で返した。


その夜。駐屯地の会議棟では隊長会議が開かれていた。定期的に開催され、隊の近況報告や懸念事項を話し合う場である。ちなみにノルド隊長は隊長職扱いではあるものの、基本的には参加していない。報告なんて億劫であり、また別の隊と連携する気がないノルド隊長は、会議に参加するぐらいなら明日の準備に時間を使う。身勝手極まりないのだがとある事情で黙認されている。しかし、今日は珍しく会議にノルド隊長も参加していた。

「デルタン隊ですが、ヘトロが足の骨折で任務から外れます。討伐数はオオカミ型が二、ネズミ型が三。以上です」

「わかった」

デルタン隊の報告を受け、進行役である駐屯地司令官のエンボスは溜息を吐いた。

「しかし……最近モンスターが増えているように感じるな」

エンボス直属の部下は「討伐数は実際増えていますよ」と付け加えた。

「由々しき事態だな。総隊長に相談して駐屯地の人員増加をお願いせねばならんかもしれんな。まあいい。次はマクマ隊だな」

「は、はい」

マクマ部隊長は少し疲れた顔をしていた。ノルド隊長は腕組みし、笑いを噛み殺す。

「え〜……マクマ隊ですが、ハア……周辺警備を滞りなく行いまして負傷者はゼロですね。特筆した変化はありませんが、ネズミ型の目撃数が増えたように感じます」

「そうか」

エンボス司令官はマクマ部隊長のいつも通りのほとんど変わらぬ報告を聞き流す。エンボス司令官に悪気があるわけではないのだ。マクマ隊は安定感が売りであり、逆に言えば変化が無い。安心して聞き流すことができるのだ。——そう、いつも通りであれば。

「よしそれじゃあ次——」

「あ……」

マクマ部隊長はエンボス司令官に対し、力なく手を挙げた。

「ん？　なんだ」

「え、えっと……討伐数なのですが」

「ああ、ゼロであろう。構わん」

エンボス司令官の「構わん」と言う言葉には悪意があるわけではない。エンボス司令官はマクマ部隊長のことを信頼しているし評価もしている。撃破数が評価の全てではないからだ。

「い、いえ」

「ん？」

「その……ネズミ型四……ヘビ型が……一です」

「な、なんだと？」

エンボス司令官は身を乗り出した。

そしてざわめく隊長たちの中、ノルド隊長はひとり声を殺しつつ大笑いするのだった。

(真面目だなァ、マクマ。言いたくないなら報告しなきゃいい。だが、俺みたいな不真面目な真似はできないよな？　ハッハッハ)


会議が終わり、マクマ部隊長は大きく溜息を吐き、肩を落とした。

(つ、疲れたなあ……)

討伐数を報告した後、予想以上に色々質問を受けたマクマ部隊長。インベントが勝手にやったとも言えず、それらしい話をつくり、なんとか取り繕って話した。重い腰を上げて誰もいなくなった会議室から出て行こうとするが。

「ククク……」

「ん？」

マクマ部隊長が顔をあげると、腕を組んでいるノルド隊長が、会議室の開かれたドアにもたれ掛かり立っていた。

「の、ノルドさん……」

「どうした？　マクマ？　ひどくお疲れじゃあないか」

「そうか……やっぱりあなたが……」

「ん？」

マクマ部隊長はこぶしを握り締め――

「しらばっくれないでください!!　インベントを焚きつけてモンスターをたおすように指示したんでしょう!!」

「ハハハ、なんだそんなことか」

「おかしいと思ったんだ！　急にモンスターを殺すようになってしまって！」

ノルド隊長は黙っている。

「インベントを、た、隊の規律を乱すような人間にして、ど、どうするつもりなんですか!?」

「規律を乱す？　俺のようにか？」

「そ、そうですよ」

マクマ部隊長は消え入るような声で答えた。

「確かに俺は、規律を乱しているかもな。勝手に出撃して勝手にモンスターを殺している。だが殺した数は断トツだ。自慢する気もないし報告もしないがな」

「そ、そんな勝手な……」

「だがインベントはどうだ？　あいつは規律違反なんてしてないだろう。モンスターを殺せるから、殺した」

マクマ部隊長は黙った。マクマ部隊長だって理解しているのだ。殺せるならば殺したほうが良い。モンスターを殺すことは周辺の安全に繋がるからだ。マクマ自身もそんなことはよくわかっている。

「インベントにはモンスターを殺せる力がある。それなのに止めることはできねえよなあ？　マクマ」

「……それは、俺に対しての当てつけですか!?」

「さあな」

ノルド隊長は用が済んだのか踵を返し、部屋から立ち去ろうとした。

「お、俺は！　バンカース総隊長に頼まれて彼を預かっているんだ!!　バンカース隊長に、『チームでのあり方』を教えるように頼まれている!!」

「それがどうした？」

ノルド隊長は酷くつまらなそうな顔でマクマ部隊長を見た。

「だ、だから！」

「モンスターを殺せる奴に、殺さない作戦を押し付けても仕方ないだろうが」

「だ、だけど！」

ノルド隊長はマクマ部隊長を指差した。

「一つだけ教えてやる……青二才」

ノルド隊長はマクマ部隊長の発言を遮った。

「空を飛べる奴に地面を歩かせるな」

「な、なんの……」

「地面を歩く奴が悪いとは言わねえ。お前の隊はクソつまらねえが、仕事としては良くやってる。だがな、空を飛べる奴を無理やり引きずりおろすんじゃねえ。自分が飛べねえからって、飛べる奴を羨んで、陥れるな。それは、ただの――――嫉妬だ」

マクマ部隊長の顔が紅潮する。歯軋りが響く。

「か、彼はまだ新人だぞ!!」

「だからどうした？　空を飛べる新人だ」

「な、何を言ってるんだ！　彼をどうする気なんだ!!」

ノルド隊長はおかしそうに、笑いながら去っていく。

そして誰にも聞こえない小さな声で「マジで飛翔《と》べんだよ」と呟いた。

初めてマクマ隊でモンスターをたおしてからも、インベントの日常に大きな変化は訪れなかった。マクマ隊に所属し駐屯地の防衛を行いつつ、マクマ隊の任務が無い日はノルドにくっついてモンスター狩りへ。

基本的にはノルドがモンスターを狩るが、ネズミ型のような小さい個体の場合はインベントに任せる。ノルドとしては少しだけ楽をすることができた。

マクマ隊とノルド隊で毎日モンスター狩りが行える生活。インベントは非常に幸せだった。疲労は蓄積するものの、一五歳であるインベントは働き盛りだ。モンスターを狩れる喜びが疲労など消し飛ばすのだ。

だが――そんな部隊掛け持ち生活は突如終わりを迎える。

マクマ隊のモンスター討伐数は積み上がっていく。最近ではモンスターに遭遇することがストレスになっているマクマ部隊長。全てインベントのせいである。

マクマ部隊長は元々落ちこぼれだった。マクマ隊は一見モンスターを恐れる新人たちの受け皿としての役割を担っているが、マクマ自身が新人の時モンスターを殺すことができず挫折した男なのだ。かつてマクマ部隊長は、苦痛に歪むモンスターの死に際の顔が忘れられず逃げてしまったことがある。そしてマクマは後方支援部隊に異動し、数年過ごした。

だが【伝《アンスール》】のルーンを持ち、運動能力が高く頭のキレも良いマクマを、バンカースが説得し前線部隊への復帰が決まった。マクマは正義感が強く、本当は前線で役に立ちたいと思っていた。それゆえマクマは、落ちこぼれだった自分を気にかけてくれたバンカースに対し大変恩義を感じている。

それからマクマはモンスターを殺さなくても森林警備隊の役に立つ方法を編み出していく。チームワークを重視し、モンスターを追い返すやり方は『森へお帰り作戦』などと揶揄されたこともあるが、現在では『マクマ式』と呼ばれるようになった。負傷者を出さず継続的に任務をこなす隊としてマクマは上層部からの信頼を確実に獲得していった。

また、マクマの存在は同様にモンスターを殺せない人たちへの救済に繋がった。マクマ隊を巣立ち第二第三のマクマ隊を組織する者も現れている。マクマに対し恩義を感じている人物は非常に多い。

バンカースは、チームワークを学ぶにはマクマが適任だと判断したのだが……完全に裏目に出てしまったわけである。

お先マックマ

駐屯地の食堂。大小さまざまな机が並び、隊員が集まり酒を酌み交わすテーブルもあれば、ひとりで食事を楽しんでいるテーブルもある。まさに憩いの場。そんな憩いの場の片隅――柱の影になっている場所に男二人が着席していた。

「俺……森林警備隊辞めようかな」

「な、なに言ってんすか！　マクマ隊長!!」

マクマは長年チームを組んでいるマクマ隊の古株ラベールに弱音を吐いていた。ラベールもモンスターを殺せない男であり、マクマを恩人と崇めている者のひとりである。

「なんかもう……疲れちゃったよ」

「い、いやいや！　どうしちゃったんすか!?」

マクマは酒を口に含み、大きくため息を吐いた。ラベールが「聞きますよ！　なんでも言ってください！」とマクマを慰めた。そして――

「隊長会議で……笑われてる気がするんだ」

「え？」

宙を眺めながらマクマはポツリポツリと呟くように話しだす。

「モンスター討伐数をさ……言うたびにさ……みんなが笑っている気がするんだよ……」

「えっ？」

ラベールは状況が判らずただただ混乱した。隊長会議に出たことのないラベールからすればモンスター討伐数を報告することさえ知らなかったからだ。

「ぽ、ぽっと出の新人でさえ、こんなにバンバンモンスターたおしてるのに！　お、俺は……俺の隊は、何やってたんだって言われてる気がする！　いや！　みんなそう思ってるんだ!!」

「そ、そんなことねえっすよ！」

マクマは酒の入った木製のジョッキを振り下ろし机をバンと叩く。

「だってえ！　これまで俺の報告なんて誰も興味を示さなかったのに！『お？　今回は何匹だ？』なんて聞いてくるんだ！　おかしいだろ！」

「い、いや……まあ、あのお……」

マクマは涙目だ。

「バンカース総隊長に任されたから頑張っているけど……もう嫌だ。新人なんて受け入れなければ良かった。そもそも俺みたいなクズは後方で引き籠っているべきだったんだ。モンスターも殺せない奴が森林警備隊にいることがおかしいんだ。もう……辞めたい……」

「い、いやいや。大丈夫っすよ！　ね？」

どうしていいかわからずラベールは子供をあやすようにマクマを励ました。

「もう……俺はダメだ！　クズだ！　うわあああああ！」

そして翌朝。マクマは高熱を出し倒れてしまった。そんなことになっているとは全く知らないインベントに待機命令が下る。待機理由は教えてもらえない。まさか原因が自分自身だとは夢にも思っていない。

ロゼ・サグラメント

（森林警備隊って待機命令が多いんだなあ）

オイルマン隊に続き、マクマ隊でも待機命令。待機命令中なのだが、インベントはいつも通りノルドに同行し森の中へ。そして気づく。

「あれ……待機ってことはノルドさんに同行するのもだめなんですかね？」

ノルドは「あ～」と一呼吸置いてから話し始めた。

「部屋にずっと居ろって言われたわけじゃねえんだろ？　だったら別に問題ないんじゃねえか。その……訓練の一環ってことにして、正式に命令が下れば従えばいい」

「なるほど～、そうしましょう！」

それからインベントは毎日ノルド隊長に同行することとなった。さすがに毎日は億劫なのだが、マクマが倒れたことは聞いていたし、原因はもしかすると自分かもしれないと思い、どうにもバツが悪いノルド隊長。

（ま……近いうちにどこかに配属されるだろ）

そう思っていたのだがいつまで経ってもインベントには命令が下されない。実は駐屯地司令官のエンボスもインベントの配属先に頭を悩ませていたのだ。

（ううむ……マクマ隊の隊員たちに話を聞いてみたが、マクマが倒れた原因はインベントのようだ。それにマクマ隊の隊員達はインベントと関わりたがらない。気味悪がっている。よくわからんが……他の部隊に入れて悪影響がでても困る）

インベントはパーティークラッシャー扱いされてしまっていた。

（とりあえず、バンカース総隊長には報告するとして……なぜかよくわからんがあのノルドとよく一緒にいるみたいだ。配属先には困っていたし、任せておくとするか）


「こんにちは～」

毎日ノルド隊長に同行しモンスターを狩る機会が増えたため、インベントの武器はすっかり消耗が激しくなった。そのため、頻繁に駐屯地の武器倉庫に通い武器をメンテナンスしたり、新しい武器に新調する必要がある。駐屯地には三か所武器倉庫があり、居住区とは離れているものの任務開始前に立ち寄りやすい場所に位置している。外観は他の建物と同じく木造建築だが、荷物の積み下ろしがあるため馬車が立ち寄りやすいように繋ぎ場が併設されている。

「あれ～？　いないな。まいっか」

武器倉庫に入ると左手に大中小の樽が並んでおり、突き当りにカウンターがあるのだが受付には誰もいなかった。修理希望の武器や防具は大きさに合った樽の中に入れていくシステムなので、インベントは消耗した大量の槍を一番大きな樽に入れた。

そして新しい槍を補充するために倉庫の奥へ向かう。剣に比べると槍は使い手が少ないため倉庫の奥まった場所に置かれている。武器や防具を眺めつつ槍が置いてあるはずの場所にやってきたのだが――

「あっれ～？　槍が無いぞ。この前はここにあったのにな～」

槍がどこにあるのかわからなくなり途方に暮れるインベントに対し――

『槍はこっちに移動したぞ～』

インベントの頭に聞き覚えのある女性の声が響く。【伝《アンスール》】による念話で話しかけられているのだ。

声の主を探すと、決して大きくない樽の裏で、地面に座り両膝を抱えて小柄な体を更に小さくし、読書をしているアイナを発見した。入隊試験の際は人手不足を理由に受付役に駆り出されていたアイナだが、本来の仕事は駐屯地の倉庫番なのである。

「あ、アイナ」

『ちょり～っす。槍はその奥ね』

アイナはインベントと目を合わせもせず、手の動きだけで槍置き場を示した。

「は～い。え～っとね、あったあった。ありがとう」

『うい～。いつも通り台帳に書いて持っていってね～』

「は～い」

修理本数と新たに持ち出す槍の本数を、カウンターの上にあった台帳に記載する。直近一カ月の記録を見ると、槍の修理と持ち出し欄はほとんどインベントの名前で埋まってしまっている。

槍を収納空間に入れた後、インベントは横目でアイナを見た。視線に気付いたアイナはインベントを見る。

『まだなんか用か？』

「いや……なんでいつも念話なんだろうって思って」

アイナは鼻で笑い、視線を本に戻した。

『会話するのがかったるいから。念話のほうが楽ちんなんだよ』

「へ～そういうもの？」

『そ～いうもの』

「ふふ、そっか」

インベントは妙に納得した。インベントはマクマ隊であり、マクマから何度も念話で指示を受けている。だがアイナの念話はマクマに比べると非常にクリアな音質なのだ。まるで普通に喋っているかのように錯覚するほど。

だからアイナが念話で話してくることには全く不満はない。だが――

『んあ？　なんだ？　ま～だ用か？』

インベントは首を振る。

『だったら出ていけ～。アタシはとっても忙しいの！』

「は〜い」

インベントはアイナのことが気になっている。それは恋心などではなく――

（アイナってやっぱり猫人族《ネコさん》にそっくりなんだよな〜。小さくて、猫っぽくて）

アイナを見るたびに『理想郷《イングワズ》』で人間と共生している猫人族《ネコさん》を思い出すインベント。武器倉庫で働いているのも猫人族《ネコさん》らしくて非常にポイントが高い。アイナを見るたびにインベントはまるで『理想郷《イングワズ》』に入り込んだかのような錯覚を覚えるのだ。

（う〜ん、念話でも構わないから語尾に『にゃ〜』とか言ってくれないかな〜）

と思いつつ――インベントが武器倉庫を後にしようとした時、入り口から中を覗き込んでいる人物を発見した。

「ア〜イ〜ナ〜？」

優しいが威圧的な声が武器倉庫に木霊する。駐屯地補給班隊長――つまりアイナの上司である。ガタガタと音が鳴り、隠れていたアイナが立ち上がる。

「はいはいー!!　ちゃんと働いてますー!!　……あ」

アイナは右手に持っていた本を急いで樽の中に投げ入れた。

「ほらほらー！　インベント君！　盾はここだよー！」

「え？　盾は別にいらない」

「そ、そうだったね！　あ、槍だ槍！　槍の整理しなくっちゃ！」

急に仕事モードになるアイナ。

「ちゃんと仕事しないとダメでしょ～？　アイナ～？」

「し、してまーす！　仕事好き好き～大好きー！」

慌てる猫人族《ネコさん》――もとい、アイナを眺めることができ、笑みを浮かべながらインベントは武器倉庫を後にした。


全く待機していない待機命令が下ってから二十日以上経過した。今朝も元気いっぱいで部屋を飛び出し、ノルド隊長に同行するために広場へと向かう。ノルド隊長は出発時間にばらつきがあるため早めに広場で待機するのがインベントの日課となっている。広場に到着し、ノルド隊長を待つインベント。

（そういえば……マクマ隊ってどうなっているんだろう？　ま、どうでもいいか。それよりも今日はどんなモンスターに出会えるのかな～。むふふ……え？　ネ、猫人族《ネコさん》？）

まだ見ぬモンスターを思い浮かべ、笑みを浮かべるインベントだが、アイナが小走りでやってくる。広場でアイナを見かけたことは初めてなので猫人族《ネコさん》と見間違えたのだ。

「おい～、インベントや～」

「え？　アイナ？」

気怠そうなアイナに声をかけられた。思い返せば駐屯地に配属されてから武器倉庫以外で会うのは初めてであり、広場を歩いていることがなんとも不思議な感覚であり、念話ではなく話しかけてきたことにも驚いた。

「バンカース総隊長が呼んでるからついてこい～」

「え？　総隊長？　なんで？」

「アタシが知るか。まったくかったるい。アタシはアンタの世話係じゃねえってのに。こういうのは所属している隊の人がやるもんだろ……どうなってんだか。ほら、戻れ戻れ～」

今すぐにでもモンスター狩りに行きたいインベントを引き戻すアイナ。インベントは歩いてやってくるノルドを発見し、助けを求めるように手を振った。ノルドはめんどくさそうにしながらやってきた。

「なんだ？」

「の、ノルドさん。なんか総隊長に呼び出されちゃったみたいで……」

「あン？　バンカース？　バンカースが駐屯地に来てんのか？」

アイナが「いますよ」と肯定する。

「ほう、やっと配属先が決まったか？　ハハハ、もしくは悪いことでもしたか？　どちらにしても今日はひとりで気楽に狩りができる。それじゃあな」

「ええええー！」

立ち去ろうとするノルドだが――

「いや、ノルド隊長も連れて来いって」

「は？　俺も？　なんで？」

「いや、アタシは知らんです。とにかく来てください。連れて行かないとアタシが総隊長に怒られちゃうんだから……も〜かったる〜」


アイナに、隊長会議が行われている部屋へと連れていかれたインベントとノルド。二〇人以上が入れる広すぎる部屋の一番奥の席に、険しい顔で座るバンカース。バンカースの隣には若い女性がいた。赤黒く少しウェーブした長髪に切れ長の瞳。立ち振る舞いに気品がある。

（誰だろう？　知らない子だ）

インベントが首をかしげる。

ふたりを見るやいなや、バンカースはわざとらしく溜息を吐く。無事にふたりを送り届けたら、お役御免とばかりにすぐにでも退出するつもりだったアイナだが、バンカースの溜息でその機を逃してしまった。

「今日……なぜ呼んだかわかるか。インベント」

「いえ。まったく」

バンカースは両手で机を軽く叩く。

「かあー！　この朴念仁！」

インベントは本当に心当たりがないので困ってしまった。

「もう！　ノルドさんはわかりますよね？」

「は？　なんの話だ？」

ノルドも心当たりがなく、首を傾げた。

「ぐぬぬ！　もう！　マクマのことですよ！」

「……マクマ？　だからなんの話だ？」

バンカースはふたりがしらばっくれていると思い、憤慨し顔を赤くした。

「マクマのやつ落ち込んでて、警備隊辞める話になってるんですよ！」

「……？　なんで？」

ノルドには、インベントを利用しマクマに意地悪をした自覚がある。だが辞めようとする理由は皆目見当がつかなかった。インベントはあまりに唐突な話に、ワンテンポ遅れて「ええええっ!?」と驚いた。

「あ、アイナ知ってた？」

「後方支援のアタシが知るわけないだろ」

仕方なくバンカースは、インベントがモンスターを殺しまくるせいでマクマがノイローゼ気味であることを伝えた。バンカースの口調は完全にノルドとインベントが悪人扱いである。

「――――そういうわけだ！」

「おい、バンカース……総隊長」

ノルドはバンカースより年上であり、昔の名残で呼び捨ててしまいそうになる。

「なんですか!?」

「俺はマクマが嫌いだし、ちょっとばかしからかってやったのは事実だ。コイツを利用してな。ま、その程度で辞めるんなら勝手にしろってとこだ。だがコイツは何も悪くねえだろ」

ノルドはインベントを指差した。

「え？」

「命令違反したわけじゃねえだろ。それともなんだ？　マクマ隊では『モンスターを殺すな』ってルールでもあるのか？」

「い、いや……そんなことはない……が」

「おいおい、新人が積極的にモンスターぶっ殺してるんだぜ？　称賛すべきところなんじゃねえのかよ？」

バンカースは口を噤んでしまった。ノルドは薄ら笑いを浮かべ――

「そもそも、な～んでコイツをマクマ隊になんかやったんだよ？　誰が決めたか知らんが、明らかに配置ミスじゃねえか」

顔を顰めるバンカース。インベントをマクマ隊に配属することを決めたのはバンカースだからだ。

「その……インベントには、チームワークを学んでもらおうと」

「チームワークだあ？　ハハハ、そりゃあ無理ってもんだ。マクマのところはお手々繋いで、安心安全を第一に極力モンスターに出会おうともしないスタンスだ。だがコイツは率先してモンスターを殺したいタイプだ。俺のようにモンスターを恨んでるタイプだからな」

インベントは別にモンスターを恨んでいないのだが、今それを指摘すると面倒なことになりそうだと察知し、無視を決め込むことにした。

「バンカース……総隊長。もういいだろ？　これで話は終わりなはずだ」

「い、いや」

ノルドは溜息を吐いた。

「マクマはあんたのお気に入りだ。だから肩を持ちたいのはわかる。だからと言ってインベントを悪者にするのはおかしいだろうが。な、総隊長さんよ」

バンカースは狼狽した。図星だったからだ。そんなバンカースを見て——

(これじゃあどっちが偉いかわからないなあ……)

と、インベントは素直にそう思った。また、ノルドは意識をせずに話しているかもしれないが、インベントのモンスターを狩りたいという意欲を買い、その行為を庇ってくれている。そのことは素直に嬉しかった。

「つたく、マクマがコイツのせいで落ち込んでるなら、隊から外せばいいだけだろうが。そろそろ駐屯地勤務から外れるタイミングだろ？　丁度いいじゃねえか」

バンカースは少し考えて、「あ～、まぁ、それはそうなんですが」と控えめに頷いた。逆にインベントはいつの間にかマクマ隊から外される流れになっていることに気付き、少し動揺した。まあインベントにとっては些細なこと。

「よし、これで話は終わりだ。――だがなんでだろうな？　そこのガキが俺に殺気を向けてきてるんだが？」

バンカースが連れてきた女性。彼女がノルドを挑発的な顔で見ていた。

「ガキに恨まれる理由はないぞ？」

「お、おい。ロゼ」

ロゼと呼ばれる少女は、今にも斬りかかりそうな殺気を出している。

インベントは「ロゼ……どっかで聞いたっけな」と呟く。バンカースは「お前の同期だよ。神童なんて呼ばれてんだ。知ってるだろ？」と呆れ気味に言った。

「へえ……神童。う～ん誰かが言っていた気もする。誰だっけ？」

誰かの正体であるラホイルのことを思い出せないインベント。ロゼはインベントを見て鼻で笑う。

『神童』からすれば、インベントは路傍の石なのだ。ノルドはめんどくさそうにしている。

「で、その『神童』とやらが俺になんの用だ」

「いや申し訳ないんすけど……ちょっと模擬戦をしてほしくて」

バンカースの言葉を聞いても、ロゼがノルドに模擬戦を挑む理由がどうしてもわからないインベント。だがノルドは驚き頭を掻いた。

「おいおい、『神童』かどうか知らんが、まさか大物狩り候補かよ？　新人だろ？」

「はい、その通りです」

「誰か推薦してんのかよ？」

「デストラーダとビノーが推薦している」

ノルドはじっとロゼを眺める。

「ビノーはともかくデストラーダまでか。ククク……面白い。よし、表に出ろ。ガキ」

「ガキではありません。ロゼ・サグラメントですわ」

「ふん」

部屋から出て行こうとするノルドをロゼは足早に追いかけた。バンカースは「あ〜もう、勝手だな」と頭を掻きながら追いかける。残されたインベントとアイナ。

『おい、見に行こうぜ』

「え？」

突然、念話に切り替えたアイナに驚くインベント。

『面白そうだから見に行こう。ついでに仕事もサボれるしな〜、シッシッシ』

「ふ〜ん、まあいいか」

バンカースを追うふたり。

「でも、なんで模擬戦するんだろ」

『大物狩りメンバーになるためだろ～』

「大物狩りってなあに？」

『あ～そこからかよ、かったる～い。たまに現れる大型モンスターの――』

インベントは目を輝かせ「大型モンスター!?」と叫ぶ。

『うるせえー！』

「ご、ごめん」

『ったく……大物が出たときは専用のチームを組むんだよ。大物相手だと、ある程度の腕がないと邪魔になったりするからな』

「へえ～。そのメンバーにロゼが選ばれたってこと？」

『いや、アイレドだと推薦制っぽいな。複数人の推薦があればメンバーに選ばれるんじゃね？　ま、知らんけど』

「ふ～ん、いいな～」

『なんだよ、アンタも大物狩りメンバーに選ばれたいのかよ？』

「そりゃもちろん！」

アイナは溜息を吐いた。

『そりゃ志の高いこった。アタシは危ない目に合うなんて絶対嫌だけどな～。楽して暮らしたい～』

誰よりもモンスターを狩りたいという熱意がインベントにはある。これは「志」と言っても間違いないだろうが、一般的な志とは大きくかけ離れた熱意のようだった。

ノルドは駐屯地の広場で訓練用の木剣二本を手に取り、さらに歩いて駐屯地から少し離れた場所までやってきた。ノルドは見世物にされるのを嫌い、インベントと模擬戦を行った時の破棄された広場を選んだ。そのため見物者はインベントとアイナだけ。

「それじゃ始めるか」

「ええ。お怪我なさらないといいのだけれど」挑発的に嫌味を言うロゼ。ノルドは立会人であるバンカースを見る。バンカースはハンドサインで許可を出した。

ノルドはロゼを観察する。ロゼは身長が一七〇センチ近くあり、女性にしては長身である。そして背筋がピンと伸びており実際よりも大きく見える。

(インベントの馬鹿野郎と違って、剣術のセンスは抜群って感じだな)

構えを見ただけで、ロゼが並みの新人ではないと判断したノルド。ノルドは石を拾い、ロゼの顔目掛けて投げた。ロゼは剣を素早く抜き、最小限の動きで石を弾く。ノルドは再度石を投げた。次は石を投げた瞬間、ノルドも動き出す。インベントは、ノルドの動きを、モンスター狩りの時の動きだ、と直感的に思う。

「――ッ」

木剣の切先がロゼの顔面に迫る。ロゼはいとも簡単に受け止める。

「いくぞ！」

ノルドは足を止め、ロゼに連撃を浴びせる。ロゼは受け止める。だがじりじりと後退していく。

「く……！」

「ハッ。さっきまでの威勢はどうした！」

ロゼは反撃する余裕もなく、防戦一方だ。

「うは〜、ノルドさん凄いな〜」

月並みなことしか言わないインベント。それに対しアイナは、目を細めながら模擬戦を眺めていた。

『剣速がスゲエな。足運びも見事だし、技も豊富。手加減してるけど、ロゼって子、捌ききれないんじゃねえか？』

「え？　手加減してるの？」

『どう見たって手加減してってだろ。今の動きだって、あえて受けさせてやってるな。ロゼの動きも中々のもんだけど、恐らく隊長さんが本気になれば捌けねえよ。うん、相手を惑わせる動きが上手いな。あれだけの速さがあれば……あ、そこで斬り返すと、ほら、体勢が崩れちまった。ロゼのほうは勝気な性格が仇になってるな。もっと冷静に……冷静に……』

アイナはじっと見つめてくるインベントに気付く。

『な、なんだよ』

「アイナって、剣のこと詳しいんだね」

アイナは大きく目を逸らす。

『は？　ぜ～んぜん詳しくねえし！　お、そこだー！　いけいけロゼ～』

「いや……突然念話で応援されたら驚いちゃうよ」

インベントはアイナがなぜ動揺しているのかわからず首を傾げる。

さて、模擬戦はロゼの防戦一方。ノルドは溜息を吐き、ロゼを睨みつけた。そして一段階ギアを上げ、斬りかかる。ロゼは驚き、咄嗟に防御するが――ロゼはノルドを見失う。

「痛《いた》ッ！」

ノルドはロゼの尻を蹴っ飛ばした。

「ハア。茶番はもういい」

「ウフフ……さすがノルド隊長だわ」

「ま、悪くねえ動きだが大物狩りに推薦されるレベルではねえよ。なんかあるんだろ？　特別なルーンがよ」

ロゼは不敵に笑う。

「では……本気でいきますわ」

「さっさとしろよ。めんどくせえな」

ロゼは剣を構えた。そして大きく上段に剣を掲げる。

(なんだァ？　気持ち悪い構えだな)

ロゼはノルド目掛けて小さく飛び跳ねた。

(稚拙な上段斬り……まさか防御は得意だが攻撃は下手くそ？　なわけねえな。【太陽《ソエイル》】か？　だったら上段斬りにする必要は無え。なんだ？　この違和感)

違和感の正体が掴めないノルドだが、野生の勘が警鐘を鳴らす。腰を落とし、足に力を込めた時、ノルドは違和感の正体に気付いた。そして後方に大きく飛び跳ねる。

「……おいおい、こりゃまたとんでもねえルーンだな」

なんと、ロゼの足元からは、うねうねと八本の触手のようなモノが蠢いていた。インベントは驚き「なんだあれ？」と声をあげる。アイナもただ首を振る。ノルドはちょうどインベントたちの近くに飛び跳ねていたので話しかける。

「ありゃ【束縛《ニイド》】のルーンだ。幽力の触手で攻撃したり縛ったりするルーン。『宵蛇《よいばみ》』の『妖狐』が同じルーンだな」

ロゼは眉間に皺をよせ――

「レイ……『妖狐』をご存じなんですね」

と驚くように言った。

「そりゃまあ有名人だし、実際に一度見たことがある。ま、お前と違い触手は一本だけだったがな」

「ふふん！　私《わたくし》は……一〇本まで出せますわ！」

ロゼの足元から一〇本の触手が、ロゼを護るように蠢いている。ノルドは顎に手を当て、くつくつと笑う。

「おい、お前、名前はなんだったか？」

「ロゼ・サグラメント」

「ロゼか。よ～しもう少し付き合え」

ノルドは接近し、再度連撃を繰り出す。ロゼは剣で防御しつつ――

（ハハハ、触手が足元から牽制してくるのか。こりゃあめんどくさいな）

ノルドは【束縛《ニイド》】を面白がり、色々試しながら戦う。試しに触手を木剣でぶっ叩いてみるが――

（木剣では斬れないか。なるほどな、模擬戦だと無双できるな……こりゃ反則だ）

五分ほど模擬戦が経過したところで――バンカースが戦いを止めた。決着はつかずバンカースは「ダメか」と呟き、肩を落とす。

実のところ、バンカースはノルドに勝ってほしいと思っていた。ロゼの伸びた鼻を叩き折ってもらうために。入隊試験を軽々と突破したロゼは、入隊後もメキメキと頭角を現してきた。ハイレベルな剣術と【束縛《ニイド》】のルーンを併せ持ったロゼは間違いなく天才であり神童と呼ばれるに相応しい。

しかしロゼはある日を境に増長していった。

ロゼは向上心が高く、入隊前から【束縛《ニイド》】のルーンの修練や剣術訓練を行っていた。配属されたデ

ストラーダ隊では即戦力として活躍していたが、最短距離で功績を上げたいと考えていたロゼは満足していなかった。そんな時、大物狩りメンバーが推薦制であることを知り、妙案を思いつく。

部隊長のデストラーダに大物狩りメンバーへの推薦を希望したがまだ早いと断られた。しかしロゼは模擬戦を申し出てデストラーダ部隊長を打ち負かし、強引に推薦を得た。

同じ方法で大物狩りメンバーのビノーからも推薦を得ることに成功した。メンバー入りまであと一人。

(推薦を得てから周囲の目が変わりましたわ。『神童』なんて呼ばれても結局新人扱いでしたもの。地道に隊長職を目指すより、大物狩りメンバーになれば隊長になれるはず。ウフフ、アイレド森林警備隊の最短記録をすべて塗り替えてしまいましょう。私こそ大物狩りメンバーにふさわしい!)

一目置かれる存在になったロゼだが、このまますんなり大物狩りメンバーに選ばれてしまうと、ますますロゼがつけあがってしまうと考えたバンカース。ノルドならば打ち負かしてくれると思っていたのだ。ノルドは、そんなバンカースの思いを今更理解した。

(ああ……そういうことか。ったく先に言えよ……マクマの話とかどーでもよかったじゃねえか。相変わらず根回しの下手な男だ……ハア)

ノルドは頭を掻いた。

(まあ……実際大物狩りのメンバーに加えてもいいレベルだ。嵌め手で負かすこともできただろうが……う〜ん今更だな)

どうしたものかと頭を悩ますノルド。

「ね、ねえ。すごいね！」

インベントがロゼに話しかけた。【束縛《ニイド》】のルーンに興味津々のインベント。

「は？」

「あの触手みたいなの、凄い面白いよね！」

「――フン」

(あなたみたいなクソ雑魚が喋りかけてこないでほしいわ。でも、うふふ)

ロゼは表情を変えない。だが心の中では笑っている。

(バンカース総隊長は私を大物狩りメンバーに入れることに反対みたいね。そのためにこの人を私にぶつけてきたんでしょう？　信じられない速さだったけど、模擬戦なら私は無敵！　ほら！　さっさと大物狩りメンバーに入れなさい。ほら！　ほら！　ほら！)

ノルドは考える。

(なんか癪だな。確かに模擬戦だと攻略は難しい能力だ。ケンカ吹っ掛けて強引に推薦を得て、異例の速さで大物狩りメンバー入り……か。そう考えるとウゼエな)

今更ながら本気でぶちのめせば良かったと軽く後悔するノルド。

「どうでしたか？　ノルドさん」

「ん？　ああ」

（情っさけねえ顔してんじゃねえよ……バンカース。あ〜どうすっかな。推薦なんてしたくねえな。な〜んか良い手はねえか……ん〜）

そんな時、ノルドはロゼに無視されているインベントを見る。そして妙案を思いついた。

「いや〜さすが神童って言われるだけはある。こりゃアイレドは安泰だな」

ノルドの言葉に「うふふ」とロゼは笑う。バンカースは不満げな表情。

「だけどまあ、俺は推薦するほどじゃないと思いますけどねえ」

「そ、そうか？」

バンカースは顔が少しほころんだ。逆にロゼは顔を顰める。

「あら？　どうしてですか？　ノルドさん？」

「あ？」

ノルドは食い下がってくるロゼに対し、無表情に対応する。しかし心の中では――

（ハッハッハ、簡単に食いついてきやがったな。まだまだガキだぜ。どうせ思い通りに推薦してもらえるとでも思ったんだろ？　こちとら掌で踊ってやるほどお人好しじゃねえんだよ）

「私はしっかりと力をアピールできたと思っていますし、大物狩りでも役に立てると思います」

「ほ〜、自信家だな」

「い、いえ……自信とかそういうのではなく……謙虚に自分を評価した結果です」

（おりこうさんを演じるのは大変だな。ま、扱いやすくていいや）

ノルドは指を三本立てた。

「推薦できねえ理由は三つある」

「……伺っても？」

「まず一つは、大物狩りのメンバーとしては単純に力不足だ」

「な、なんでですか!?」

「大物狩りでどのポジションをやる気なんだ？　ディフェンダーか？　それともアタッカーか？」

「え……」

ノルドは大げさに呆れたリアクションをする。

「ディフェンダーにしてはオメエの防御は微妙だ。人間相手なら中々の防御だが、大物の攻撃を防げるかと言えばそうでもねえ。【大盾《ソーン》】の奴以上にモンスターの攻撃を捌けるとも思えねえしな。おめえの【束縛《ニイド》】はそこまで強力じゃねえよ」

「な!?　そんなことないですわ！　現に隊長格の人たちだって攻めあぐねていますわ！」

ノルドはニヤリとした。

「まあそうだろうな。理由の二つ目は、それだ。お前の戦い方は対人に特化しすぎている。【束縛《ニイド》】はレアなルーンだ。だから初見だと見極めるのは難しい。それに模擬戦だと剣が使えねえからな。その触手の対応方法がない。まあ～俺が本気を出せばどうにかできるが……さすがにガキンチョをぶちのめすわけにもいかねえからな」

ロゼの顔が歪む。

(ほ、本気を出せばですって！　負け惜しみよ！)

ノルドは軽く煽るが、ロゼは分かりやすく不満を露わにした。ノルドとしてはしてやったり。そして仕上げに入る。

「ま、最後の理由が一番大きいな。まあ俺はさ、力不足は否めねえが、将来を見据えメンバーにしても構わねえと思うんだ。なあ？　バンカース総隊長さんよお？」

「え？　ああ、まあ……いや、う～ん」

バンカースはキョトンとしている。ノルドのシナリオの終着点が見えてないからだ。

「だがな、それだと困ったことになるんだ」

「……困ったこと……ですって？」

「そうなんだよ」

「なんでしょうか？」

ノルドは思う。こんな簡単に思い通り物事が進むなら人生楽なんだけどな――と。

「最後の理由はだな。オメエがそこのインベントよりも弱いってことだな」

ロゼの怒りの双眸は、この場所にいることに飽きてきたインベントに向けられた。

「……私がそこのボンクラより弱いですって？」

ノルドは吹き出しそうになった。

（おいおい、おりこうさんキャラはいいのかよ？）

「まあ、そうだな。俺はインベントが大物狩りメンバーに入るのはまだまだ早いと思っている。だからお前もまだまだ早いってのが結論だな」

　ロゼは唇をプルプルさせている。

「だ、だったら!!」

（お、そうそう。だったら？　どうするのかな～？）

「私が……！」

（ワタクシが～？）

「コイツに勝てば良いんですね!?」

（はい、ちょろーい）

　ノルドは笑い転げそうになっているが努めて冷静に「まあいいんじゃないか？」と応える。

　それに対し、驚いたのが当の本人であるインベント……よりもバンカースだった。

「ちょ、ちょっと待てよ!!　なんでここでインベントが出てくるんだ!?」

　バンカースはノルドに詰め寄った。

「お、おかしいだろ？　インベントがロゼに勝てるわけない」

「そうか？」

「あ、あいつはなんかおかしな奴だが、さすがにロゼに勝てるわけないだろ？」

「まともにやればそうだな。だが……勝つよインベントが。ロゼも初見殺しっちゃあ初見殺しだが、インベントはそれ以上だからな。一発勝負なら負けねえさ」

(まあ……多分だけどな)

仮にインベントが負けたとしても別に何かを賭けているわけではないので、ノルドは気楽なのだ。

「てことだ。後はよろしく」

「いやいやいや、なんで俺が戦わないといけないんですか？」

「まあ、成り行きだ。サクっと勝ってくれ」

「嫌ですよ。俺、模擬戦なんてしたくないし」

嫌がるインベントだが、ノルドは小声で――

「ここで勝っておけば、俺とバンカースに貸しがつくれるぞ」

「え？」

「俺はともかく、バンカースに貸しを作っておくのは今後のためになる。アイツは義理堅いからな、要望も通りやすくなる。いいからサクっと勝ってこい」

「ん～、もう！　わかりましたよ」

「よし、それじゃ軽く作戦会議だ」

ロゼはイライラしながら作戦会議をしているふたりを待っている。

（あの雑魚が私より強い？　男のくせにあんな貧相な身体で何ができるというのかしら。策があるのかしら？　用心して手の内を全て潰してやりますわ。さっさと終わらせてやります！　そして大物狩りメンバーよ）

「待たせたな」

「よ、よろしく」

作戦会議を終え多少緊張した面持ちのインベント。

「そんじゃあまあ、始めるか。おい、総隊長」

バンカースはなぜこんな展開になったのか頭が追い付いていないが、本日二度目の模擬戦が始まる。

開始と同時にロゼは【束縛《ニイド》】を展開する。剣を構えつつ、足元からは【束縛《ニイド》】の触手が一〇本。

（奇襲なんてしませんわ。真っ向勝負で圧し潰す！）

ロゼはインベントを格下だと思っている。自分は神童であり選ばれた人間であり、インベントはただの新人。真っ向勝負でも勝てると判断した。それに対しインベントは収納空間から煙玉を出し、身を隠した。ロゼは一歩後退し、煙幕から距離を取る。

（煙の中からの奇襲かしら？　それとも木に隠れての奇襲？）

だが煙幕が消えてもインベントは姿を現さない。

（どこかしら？）

ロゼは全方位に触手を張り巡らせ警戒する。アイナとバンカースもインベントを探すが発見できない。

「卑怯ね！　どこにいるのよ！」

ロゼは苛立ちを露わにし、隠れていそうな場所に触手を伸ばす。触手は最大一〇メートル先まで伸ばすことができる。しかしどこを探してもいない。気配さえない。だが急に影がロゼを覆う。

（え？）

背筋が凍り、凍ったと思ったらすぐに強烈な衝撃が、ロゼの背中を襲う。

「がぴい‼」

死んだ蛙のように大地に倒れたロゼ。ロゼに乗っているインベントは「あ、やりすぎちゃった」と呟いた。だが間の抜けた声さえ、既に気を失っていたロゼには届かなかった。


煙玉で姿を隠した後、インベントは『反発移動』で空中へ。イング王国のよく育った木々を超えたあたりから、ロゼの背中に狙いを定め、真っすぐ落下していく。事前にノルドは――

「あいつ、触手を出してる時は前傾姿勢になってる。動き回る感じじゃねえし上から軽く踏みつぶしてやれ。もしも外した時は、そうだな……そん時は『縮地』でどうにかしろ」

一応二段構えの策を伝えていた。インベントは自分の足が負傷しないように加減してロゼを踏みつけた。だが、人ひとりが落下してきた衝撃は相当なものである。

「おいおい！」

バンカースが気絶したロゼに近づいた。白目を剥いているロゼ。なかなかに酷い顔である。

「ククク、嫌味の一つでも言ってやろうと思ったが、気絶しちまったら仕方ねえな」

「ノルドさん……」

「望み通りの展開だろ？　バンカース総隊長さんよお」

「い、いや……まあそうだけど……」

「なら俺はそろそろ行くぞ？　もう昼前だからあまり遠くまでは行けないがな」

「あ、それじゃあ俺も」

バンカースはこの場から去るふたりを引き留めようと思ったが、引き留める理由が思いつかない。

「あ、いや、その……ノルドさん？」

ノルドは笑う。

「インベントのお陰で助かったな。バンカース。ハハハ、今年の新人は豊作だ。そら、行くぞ、インベント」

「は、はーい！」

ノルドとインベントは去っていった。残されたバンカースとロゼ、そしてアイナ。

「な、なにが起きたんだ？　なあ、おい、なんでロゼが負けてんだ？」

「ア、アタシに聞かれましても。それより……」

「ん？」

「その子……医務室に連れて行ったほうが」

「いやあぁぁぁ!!」

ロゼは後ろから首を絞められる夢を見ていた。ロゼは首から背中にかけての痛みとともに覚醒する。

「い、痛い！　あれ……なんで私は……」

自分自身が昼間にベッドにいる現実が理解できない。

（まさか……負けた？　なんで？）

記憶が追い付かない。なぜ負けたのかわからない。模擬戦の相手はインベント。だがどんな顔だったか思い出せない。なにせ覚える必要もない雑草だと思っていたから。

更に最後にインベントを見たのは、煙玉で消える前。それ以降、まったく見てもいない相手に負けているのだ。

（嘘よ……私が……負ける……嘘よ！）

自分が天才だと疑わない女——ロゼ・サグラメント。恵まれたルーンとあくなき向上心。だがひとりのイレギュラーが奇しくも同期に存在した。天才でも神童でもない。モンスター狩りが大好きな、つい先日まで戦いの基礎も知らなかった少年インベント。

（インベント……！　私は……！　お前を……!!）

ロゼは自然と大粒の涙を零していた。

ノルド隊（仮）

ロゼとの模擬戦を終え、翌日インベントはマクマ隊から外された。晴れてノルド隊に所属することになるかと思いきや大きな問題が発生した。インベントとノルドは駐屯地司令官であるエンボスを交え、今後に関して協議が行われていた。

「……ノルド隊がない？」

エンボス司令官は深く頷き「そうだ」と言った。

「ないんですか？　ノルドさん」

「ん……あ～、そうだったか？」

エンボス司令官は溜息を吐いた。

「ひとりでモンスターを狩っているような状態では隊とは言えんだろう。ノルドは今、隊長職だが隊がない状態だ」

「なんか変な状態なんですね」

エンボス司令官は更に大きな溜息を吐いた。

「本来は許すわけにはいかんのだが、かといって他の隊に入れるのも難しい。除隊するわけにもいかん。ノルドにはそれだけの実力がある。特例として認めている状態……というよりはもう放置している。ルールで縛り付けても……この男、どうせ勝手にモンスター狩りに出掛けるからな」

「あ〜それは分かる気がします」

ノルドは「ふん」と鼻を鳴らした。

「よってインベント。お前は誰かの隊に編入する」

「え？」

「――と思ったが、跳ねっかえりのノルドと良いコンビみたいだしな。このままの状況でも悪くないとは思っている。バンカース総隊長からもインベントのことは任せるとのことだ」

「てことは……」

「ただし！　さすがに二人では隊として認められん。少なくとも四人……いやまずは三人にしろ。簡単ではないだろうが、やってできないことはないはずだ。いいな」

「え〜」

こうしてインベントは、ノルド隊（仮）への配属が決まった。正式な隊として認められるためには、少なくとももう一人隊員を増やさなければならない。エンボス司令官との話が終わったのはお昼前。仮ではあるが隊長と隊員の関係になったふたり。親睦を深めるために食堂で食事――もしくは早速勧誘活動を初めても良い。だがふたりが向かったのは森である。出遅れたが今日も今日とてモンスター狩りをするために。そろそろ危険区域に侵入する頃、インベントが問いかけた。

「勧誘ってどうすればいいんでしょうかねえ……」

「知らん」

「いやいやノルド隊存続の一大事ですよ？」

「隊なんてなくても俺は構わん。またひとりで殺るだけだ」

「もお～。ノルドさんはそれでいいかもしれないけど、俺はどうなるかわからないんですよ～？」

「ハハハ、またマクマ隊に逆戻りかもな」

「そ、それは笑えない……。た、隊への勧誘って誰に声をかけるものなんですかね？　候補者リストみたいなものがあったり？」

「一般的には、負傷者が出て解散しそうな部隊から引っ張ってくるか、他の部隊所属の知り合いにスカウト的に声をかけるか。ま、転属希望を出してくれりゃ通る可能性は高い」

「なるほど――」

インベントは質問を続けようかと思ったが、思いとどまる。背中越しから感じるノルドの気配が変わった――危険区域に入ったからだ。警戒を強めていくインベントだが、ノルドが小馬鹿にしたように一笑し、振り返ってインベントを指差した。

「ちなみに」

「え？」

「エンボスも無理難題を出しやがって。俺が言うのもなんだが、俺の隊に入りたいやつなんていないと思うぞ」

「うぇ!?」

「毎日危険区域でモンスター狩りしたい命知らずな物好きがいればいいがな。少なくとも俺の知り合いにはいないな。……ま、せいぜい頑張れハッハッハ」

インベントは思わず頭を抱えた。

「エンボス司令官が『簡単ではない』って言ってたのはそういうことか……こりゃ、相当大変な戦いかもしれないぞ」

勧誘に頭を悩ませながらも、モンスター狩りは欠かさない日々が続いた。

マクマ隊との掛け持ち期間を含めればすでに二か月以上ノルド隊長と行動を共にしてきた。当初は見学のみだったが、『縮地』を習得してからは小さなモンスターを任されるようになり、着実にレベルアップしていた。

「ちゃんと狙いを定めろよ」

「はい！」

今日も小型のイヌ型モンスターを殺すインベント。

「一撃で殺れるモンスター相手に急所を外すな。仕留め損なうと暴れだすぞ」

「は、はい！」

ノルドは、始め嫌々だったものの、徐々にモンスターの狩り方を教えてくれるようになった。といっても手取り足取りではなく、簡潔にひと言こうやってアドバイスをする程度。インベントは自身で考え、試行錯誤しながら自分のスタイルを模索している。

（『縮地』！　からの斬撃！　……あ）

剣を大きく振りおろし、ネズミ型モンスターの延髄を斬った。致命傷を与えることには成功したが、剣も盛大に刃毀《はこぼ》れしてしまう。

「やっぱりダメかあ～」

武器倉庫に置いてあった細身の刀。これならば、インベントのように腕力がなくても使いこなせると思い、ものは試しと使ってみたのだが。

「三日月刀か」

「え？」

「その武器ことだ。バンカースがよく使っている」

「あ、そうなんですか」

ノルドはインベントから三日月刀を奪い取る。

「切れ味が鋭く殺傷力が高い。軽くて扱いやすいが、耐久性は低い。バンカースは耐久力の低さを、剣技と【保護《エオロー》】のルーンで補っている。耐久性面に難がある武器は、いざというときに怖くて使えん。

ま、自分に合った武器を探すか、身体を鍛えることだな」

そう言ってノルドは三日月刀を放り投げた。

「う～ん……耐久力か」

ノルドとのモンスター狩り後、駐屯地に戻ったインベントは、今日も今日とて、武器倉庫に向かっていた。

森林警備隊において、武器は消耗品扱いである。隊員の使っている武器は、刃毀れしたり切れ味が悪くなると武器倉庫で交換してもらうのが日常だった。

モンスターを狩れば武器が痛むのは当然であり、大事な時に肝心の武器が破損してしまっていては命に関わる。だからこそ、消耗した武器は武器倉庫ですぐさま回収され、代わりになる新しい武器を提供してもらうことになっている。――ただ、もちろん限度もあるようで。

『ま～たこんなに武器壊してきたのか！　コンチクショウ！』

「えへへ」

『笑い事じゃねえ！　毎日のように壊れた武器を持ち込みやがって！　帳簿はオマエの名前でいっぱいだよッ!!』

インベントは今日も、武器倉庫でアイナに怒られている。インベントが、壊れた武器を修理用受付樽いっぱいに放りこんだからだ。アイナが受付樽の中に入っていた剣を一本取り出した。

『おい見ろ！　なんでこんなに刃毀れさせちゃうんだよ！』

「なんでって言われても……」

『この刃毀れの仕方。オマエ、十中八九モンスターを〝押し斬ってる〟だろ⁉』

「……おしきる？」

アイナは盛大に刃毀れした剣を構え、樽に向けて剣を振りかざす。当たる直前にピタリと剣先を止めた。

『武器の扱いに慣れてねぇ新人がやりそうなことだ。どーせ、お前もぐりぐりぐりぐり押し込むように剣を使ってんだろ？　このバカベント！　剣ってのは、こう！　引きながら斬るんだ！』

アイナが剣を再び一振りする。すると樽に綺麗な細い傷跡がついた。刃毀れした剣とは思えない斬れ味に驚嘆の声を上げる。

「おお〜すごい。引きながら振るとそうなるんだ？」

『包丁使う時だって、引きながら切るだろうが？　ちゃんと使えばすぐにボロボロになったりしねえの！　わかったら、もう少しまともに振るえるよう、素振りでも……』

インベントは軽く拍手をし、剣のアドバイスでも貰おうかと口を開きかける。だが入り口に誰かがいることに気づき目をやった。

「ア〜イ〜ナ〜？」

「あ！　た、隊長⁉」

突然現れた補給班隊長に動揺し、声が盛大に裏返るアイナ。そして隊長の視線は樽に刻まれた真新しい傷跡に。

「最近武器の修理費がかさんでるから、備品修繕費を節約するため出来る限り備品は丁寧に扱えと言ってあったと思うけれど。一体この傷は……なにかしら？」

「え!?　いや、そのお……ちょっとインベント君に。あれ？　インベント!?　インベントどこ行った！　おいバカベント！」

いつの間にかその場からいなくなっていた、薄情な男インベント。彼の脳内はモンスター狩りのための考え事で溢れている。インベントは、余計なトラブルに巻き込まれモンスター狩りにかける時間が減らないよう、危うい空気を察知することに長けているのである。

(う～ん、引きながら斬る、か。でも引きながら斬ったら届かないんじゃ……う～ん剣は難しいな。今度またアイナに聞いてみようかな、剣が得意みたいだし。あれ？　倉庫番なのに剣が得意？　なんで？　ま、いっか)

とりあえず何度か引き斬ることを試してみるが、そんな技量がないインベント。これからも変わらず、様々な攻撃をトライアンドエラーする都度壊れた武器を量産し、アイナを怒らせることになる。


さて、密かに「武器クラッシャー」という不名誉なあだ名がついてしまったインベントだったが、同時に、これだけ武器を破壊するのは、モンスターを狩っている証拠でもあった。

ノルド隊（仮）のやることは非常にシンプル。危険区域を突き進みモンスターを発見すれば狩る。インベントが加わる前後で変わっていないようにも見える。ただ、インベントが現場に慣れるにつれて、ノルドは日に日にインベントに任せるモンスター数を増やしていた。

インベントが、ネズミ型やウサギ型のような所謂雑魚と呼ばれるモンスターを難なくたおせるようになってきたからである。その成長速度は目を見張るものがあった。だが――

（明らかに強くなっている。はじめは手こずっていたモンスターも簡単に狩るようになっている。だが……うまく説明ができねえ）

ノルドはインベントの成長理由を言語化できずにいた。なにせ武器の使い方はお粗末そのもの。ノルドの指導で身に着けた『縮地』は大きな武器ではあるが、貧弱な肉体が改善されたわけでもない。それなのに、日に日にインベントが強くなっているのを目の当たりにしている。具体的に、ここが強くなったと指摘できるわけでもない。不思議な感覚だった。

（武器の扱いなんかはまるっきり成長していないし危なっかしくも見えるが、強くなっているようにも見える。よくわからん男だ）

もっと手のかかる新人かと思いきや、予想以上に成長していくインベント。仮とはいえ部下が成長していくことを喜ばしくもあり、アドバイスすることが減って少し寂しくもある。が――やはり見るに堪えない剣技にもやもやするノルドであった。

勧誘は一向に上手くいかないまま一〇日が経過した。数の圧力でモンスターを追い込むマクマ隊とは違い、モンスターと一対一で戦うノルド隊（仮）。順調に討伐数を増やしていたある日のことであった。ノルド隊長とインベントのモンスター狩りに、アクシデントが発生した。それはサル型に対してだった。ノルドの野生の勘は警鐘を鳴らしていたが、構わず先制攻撃を仕掛けたことで生じた。

サル型については、身の丈が人間と同程度あり危険な部類に入るため、基本的にノルドが担当している。サル型のサイズは個体差が激しく、大型の場合は戦闘を避けるような相手なのだが、今回はサイズ的にはギリギリたおせる範囲と判断しノルドが先制攻撃をしかけた。

「む!?」

ノルドの死角からの攻撃を咄嗟に前腕で防御したサル型のモンスター。本来なら肉に食い込むはずの斬撃が、モンスターに届く前にガチンッという音と共に弾かれてしまった。危険を感じ、モンスターから距離をとらざるを得なかった。

「……特殊個体か？」

「特殊個体？」

共にサル型モンスターから距離をとったインベントは、ノルドの言葉を復唱する。

「文字通り特殊な能力を持ってる個体のことだ。そういや、お前も遭遇したんだったか？　光の矢を放つオオカミ型、あれがちょうど特殊個体だ。ふつうのオオカミ型は、光の矢なんか放たねぇからな」

「ああ！　なるほど！　特殊能力持ちのモンスターってことですか！」

インベントは初任務の際にケルバブを絶命させ、ラホイルの足を切断したオオカミ型を思い出した。この世界のモンスターは、インベントが憧れる『理想郷《イングワズ》』に登場するモンスターたちに比べると、正直なところ見た目的にも能力的にも地味に見えた。しかし、特殊能力が備わっているモンスターがいるなら話は違ってくる。より強そうなモンスターが登場し、インベントは興奮しきっていた。

「あのサル、幽力で腕を強化してやがるな。【大盾《ソーン》】みたいなもんだ。普通の攻撃は全部防がれちまうぞ……セオリー通りならまずは幽力を削ってから……先制攻撃が失敗しちまってるし、持久戦になるか。ちっ、クソ。いやな予感がしたが特殊個体とはな」

「ど、どうするんですか？」

ノルドの攻撃に、すっかり怒り心頭で、威嚇してきているモンスターと睨みあいながらノルドは考える。

「ハア……どうするってな。普段なら逃げるところだがな」

「に、逃げる？」

「絶対に勝てねえことはないが、サル型の特殊個体と真正面からぶつかるのは危険すぎる」

ノルドの言葉を聞き、インベントは思う。

（こんな面白い相手を目の前にして……逃げる？）

物凄く残念な顔をするインベントの表情を見て、ノルドは頭を掻いた。

（コイツはモンスター相手に逃げる男じゃねえか。そうか、そんなに憎いか。くっそ、強すぎるモンスターとは出会わないようにしてたってのに！）

ノルドは深く集中する。曲がりなりにも、今は自分が部隊を率いる隊長だ。隊員であるインベントを出来る限り危険から遠ざけるのがつとめだろう。

「俺が……囮役だ」

ノルドは、これまでのインベントの動きから、この急ごしらえの作戦もなんとか乗り切ってくれるだろうと信じることにする。

「え？」

「俺がひきつけてやる。だからお前が……殺せ。できるな？」

インベントは背筋にゾクリと冷たいものが走るのを感じた。一瞬後に、これは緊張感なのだと気付く。これまで小さな個体をひとりでたおしてみろと指示されることはあれど、作戦上ノルドと協力してモンスターを殺すのは初めてだ。

「も、もちろんです！」

「だったらさっさと隠れろ」

「はい！」

インベントはまず近くの木に隠れ、身を屈めながら茂みから茂みに移動した。ノルドはモンスターがインベントを見失ったと判断し――

「しゃーねえな、やるか」

ノルドは気合を入れ上段に剣を構えた。と、ほとんど同時にモンスターに向かって駆けた。

「ハッ!!」

凄まじい速さで接近し剣を振り下ろす。サル型モンスターは両手を交差して防いだ。ノルドは押し斬ろうと試みるがすぐに諦める。

(硬すぎるな。剣が耐《も》たん)

ノルドは大きく息を吸った。

(不殺《ころさず》。高速……『鈍斬り《なまくらぎ》』)

モンスターの周囲を旋回しつつ高速斬撃を叩き込む。だが握りを甘くすることで剣はモンスターの防御を滑るように避ける。

(防御しなければ斬って落とす。防御すれば斬り流す。『鈍斬り《なまくらぎ》』。アイレドで俺以上の囮役はいないぜ……)

ノルドの高速斬撃にモンスターは対応できていない。ただし絶対的な両腕の防御を破るには、ノルドひとりではかなり無理をしなければならなかった。

(そろそろだろう？　動かねえように足止めしてやってるんだからな)

ノルドはインベントがどこに行ったのかおおよそ把握している。左からなら右に注意を引きつければいいし、逆もまた然り。だが今回は……上からだ。ロゼとの模擬戦同様、上空からの攻撃――

模擬戦の際はロゼが相手だったのでかなり加減していただろう。が、今は必殺しなければならない。模擬戦とは違い槍での攻撃になるだろう。それも、絶命させるのに十分な威力で——

「殺れぃ!!」

「はいいいい!!」

囮に気を取られていたサル型モンスターは、上空から落ちてきたインベントに全く気付いていなかったようで、インベントの槍は見事にモンスターの左肩から入り胸部に貫通した。そしてインベントはすぐに槍を手放しモンスターから距離をとった。ヒットアンドアウェイは叩き込まれているのだ。

「ギアアアアアァァアア!!!」

鮮血が舞う。致命傷に違いない大ダメージのように見えた。

「ギアア！　ギアア!!」

深く刺さった槍は引き抜くことはできない。だがモンスターは倒れず、悶えてはいるものの必死に傷口を押さえて止血を試みているようだった。

「……傷口が塞がりやがったな」

「え、ええ？」

「幽力で無理やり傷を塞いだってところか？」

「そ、そんなことできるんですか？」

「知らねえよ。だが血は止まったみてぇだな」

傷口は体毛で隠れているが、たしかに、ノルドが言うように血が止まってしまっていた。ノルドは舌打ちする。

(圧倒的防御に加え【癒《ギルフェ》】のような回復力まで備わってるわけか。これは手に負えん。サル型な上サイズ的にはB級で間違いないが、これほど厄介な特殊能力があるとなれば、限りなくAに近いBだぞこりゃ)

モンスターは大きさや特殊能力でD級からS級に分けられている。例えばネズミ型は基本的には小型なためD級だが、稀に膨れ上がったように巨大化した個体が確認されており、その場合はC級扱いされる。ノルドは普段C級までしか狩っていない。今回はどうにか討伐できるのではと思ったが、逃げるのが正解だったと判断した。「逃げるぞ」とインベントに言おうとした際、ノルドはインベントの顔を見た。そして直感的に理解してしまった。

インベントが嬉々としていることに。逃げる気なんて毛頭ないことに。

「それじゃあ——もう一回いきましょう」

「あ、おい!」

インベントは再度上空へ舞い上がった。なんてスピードだ。収納空間を利用しみるみるうちに跳ね、見えなくなっていく。

「あのバカ……ちぃ!」

インベントを止めそこなう。そして、槍が刺さったままとはいえ血が止まったモンスターは怒りに我を忘れ、ノルドに迫ってきている。

「クソ……やるしかねえか！」

怒りに任せ両腕を振り回してくるモンスター。ノルドは回避しつつ攻撃するタイミングを窺う。

（インベントの空中から突き刺す技は、モンスターを足止めしないと使えねえ。もう一回……斬り刻んでやる！）

どうにか攻守交替しようと剣を構えたところで、ノルドは違和感を覚えた。野生の勘がノルドに危険信号を鳴らした。その勘は正しかったようで、突如モンスターが口に含んでいた何かを吐き出してきた。

「クッ！」

霧状に吐き出されたものを咄嗟に避ける。鉄が錆付いたような匂いがツンと鼻をかすめる。どうやら吐き出されたものは血液だった。

そこで、すかさずモンスター渾身の一撃が繰り出される。広範囲の血霧を避けるのに集中していたノルドの判断が一手遅れた。ノルドはバックステップで後退しつつ、間一髪剣で攻撃を受け流すが——

——パキンと、簡単に剣が折れてしまった。

（クソ！　やはり、幽力でこれだけ強化された攻撃は防げねえか！）

吹き飛ばされつつどうにか体勢を立て直す。ノルドは折れた剣を眺めつつも、本格的にここを離脱するのに必要な距離や時間などの計算をはじめた。足止めができない以上、インベントは攻撃に移れない。

そこまで考えたところで、上空からふってきた影にノルドは目を疑った。

「あはっ」

インベントは楽しそうな声を上げながら、槍で先ほどとは逆の肩、モンスターの右肩を貫いた。

(な、なんであの野郎……動きを止めていないのに攻撃できてやがる?)

足止めが失敗しているはずなのに、インベントは躊躇なくモンスターに攻撃を敢行し、二本目の槍を貫通させせた。それどころか不気味に笑みすら浮かべている。反対にモンスターは怒りを露わにした。

驚くノルドをよそに、上空からモンスターの動きを観察していたインベントには、攻撃を成功させる十分な算段があった。

(ふふ、『ぶん回し攻撃』は予備動作がわかりやすいねえ)

インベントは空中でただ攻撃機会を待っていたわけではない。ずっと観察していたのだ。そして大きく身体を捻ってから発動する『ぶん回し攻撃』は非常に予測しやすく、迷わず特攻したのだ。

『ぶん回し攻撃』とは、モンスターが大振りで四肢を振り回す攻撃の総称である。触れただけで大ダメージは避けられない攻撃だが——反撃のチャンスであることをインベントは知っている。『ぶん回し攻撃』に対し華麗に反撃するシーンを何度も見てきたからである――そう『理想郷《イングワズ》』で。

インベントはずっと不思議に思っていた。なぜ『理想郷《イングワズ》』の狩人たちはモンスターの強力な攻撃に対してあれほど華麗に反撃を決められるのか？　むしろ強力な攻撃を待っているかのようにも見えた。

『ぶちかまし攻撃』は壁に激突させるように誘導し、直後強力な攻撃を叩き込む。『振り下ろし攻撃』はタイミングよく足払いで体勢を崩し攻撃チャンスへ。咆哮後の範囲攻撃に対しては、効果範囲ギリギリの位置で待機し、総攻撃に転じる。

咄嗟にはできないレベルの動きを『理想郷《イングワズ》』の狩人たちはいとも簡単にやってのける。インベントは何度も見ている内に、彼らは予備動作に非常に敏感であることに気付いた。モンスターの行動パターンを分析し、モンスターの動きを先読みし反撃することが重要だと悟ったのだ。

『理想郷《イングワズ》』に影響を受け続けた結果、インベントはどんな時も冷静に、息をするようにモンスターの行動パターン分析ができる特殊能力を得た。これは、森林警備隊の新人とは思えないほどの分析力である。だがインベントにしてみれば、こういった分析やモンスターの行動パターンの把握をすることは至極当たり前のこと。同じ種類のモンスターと何度も戦ったり、戦闘が長期化すれば次々と攻略法を編み出していく。そう、この分析能力の高さが、ノルドが不思議と感じていた「インベントの成長スピードの真の正体」であった。

左右対称に槍の刺さったモンスターを見る、否、観察するインベント。

（傷口を押さえて回復しようとしてるね。あれれ？　おかしいな～？　回復速度……下がってない？）

インベントは収納空間に手を入れ、最善の武器を考える。そしてインベントが手に取った武器は、薙刀。ノルドが制止する声が聞こえた気もするのだが……敢えて無視した。

サル型モンスターは右胸の傷を左手で押さえている。インベントは『縮地』を使い、サル型の左脇腹を斬った。幽力が弱まっているのか、強化が間に合わなかったのか、簡単に切ることができた。いずれにせよ、右手を使えないモンスターからすれば鬱陶しいことこの上ない攻撃。

インベントの接近を嫌ったモンスターが、インベントを振り払おうとする。だが行動パターンを予測していたインベントは、冷静に先読みし華麗に飛び上がり回避する。すぐさま薙刀で追撃するが、モンスターの右腕に防がれた。防がれたのだが――

（おろ？　やっぱり。もう、刃が通るね？）

左脇腹を斬った際に感じはじめてはいたが、絶対的な防御力はすでに失われつつあった。結果、斬撃は弾かれずモンスターの肉を割いた。

（ふふ～、これならチマチマ削っていけそうだね）

インベントは薙刀を使い、モンスターを疲弊させるように何度も何度も繰り返し攻撃する。

（なんかマクマ隊みたいで嫌だけどさ、さすがに間合いには入ってあげないよ）

薙刀でモンスターの体力を削りつつ、ナイフ投げを交えてじわじわと追い詰める。モンスターの左胸の傷はいつの間にか塞っている。だが、動きのキレは戻っていない。確実にインベントがモンスターを追い詰めている。ノルドは、そんな両者の様子を数メートル先で見ながら唖然としていた。

(手負いとはいえ……完全に押しているな。いやいや、呆けている場合か！　アイツは新人だぞ？　止めねえと……止めるべきだ………あ～クソ！)

ノルドは折れた剣を捨て、石を拾いモンスターに投げつける。石が頭部に当たったモンスターは、ノルドの方を見た。

と同時に、インベントがモンスターの脇腹を薙刀で刺した。

(これで隊長とは呆れるな。情けねぇが、今はアイツに攻撃は任せて、とことんモンスターの動きを邪魔してやる。これだけモンスターを憎むアイツを説得する自信はないからな)

狂ったように斬撃を繰り返すインベントの邪魔にならないように注意しつつ、ノルドはモンスターの注意を惹くことに専念する。ふと、ノルドが新米だった頃、隊員と協力してモンスターをたおしていた記憶が頭をよぎった。

「グガアアアア!!」

モンスターは怒り狂い両腕を振り回す。当たれば致命傷。しかしこれもインベントにとっては予測の範囲内。モンスターは疲弊し、フットワークが落ちている。疲労の極致に見えるモンスター。勝ちは目の前だ。だがインベントは油断しない。むしろ疑いの目でモンスターを見ていた。

(弱っているように見えるし、勝利は目の前！　――そういうときが一番危ないんだよね。勝利が

確定したって思った狩りが土壇場で逆転するケースを何度も見てきたからねえ）

何度も見てきた――そう『理想郷《イングワズ》』で何度も見てきた光景。戦略的に戦い、攻撃を積み重ね、勝利目前かと思いきや、これまでにない強力な攻撃で戦況を一気にひっくり返されて逆転負け。『理想郷《イングワズ》』の狩りでは勝利目前でのモンスターの行動パターン変化によって全滅することも多い。だからこそインベントはモンスターが完全に沈黙するまで油断しないことにしていた。

（追い込まれると、発狂して行動パターンが変わったり一旦逃げたりすることが多いけど、さてさて）

「グアア……」

インベントが突き刺した右肩が痛み出したのか、よろめきながら、また傷口を押さえ始めた。

（終わり……？　ほんとにぃ～？）

インベントは薙刀を収納空間に仕舞い、モンスターに近づく。不用意なインベントの行動にノルドは驚くが、表情は警戒を全く解いていないことに気付き何も言わず見守ることにする。

（さあささあ！　何かあるんじゃないの？　ほらほら！　こんなに接近しているんだよ⁉）

インベントがじりじりと接近する。そして――

「ガアアア‼」

不意を突いたかのようにモンスターが腕を振るう。

「む⁉」

インベントは手から何かが発射された刹那、いつでも使えるように準備していた『縮地』で余裕をもって躱す。

（なるほど……また、血か）

インベントに向けて投げられたのはモンスター自身の血を固めたような塊だった。

（サル型……まあ猿だもんね。物を投げるのは上手いんだ。でも血を噴くのはさっきもやってたよね。投げる動作に変わったからって、ちょっと意外性に欠けるかな。まあ……体力的に、これで終わりなのかな？　炎の息でも吐いてきたら面白いんだけど）

インベントは目の前のモンスターにもう秘策の類がないことを悟っていた。ここまでくれば後はいかにカッコよく葬るかだ。

インベントは一気にモンスターへ接近する。モンスターは相変わらずなけなしの攻撃をしてくるが、いずれも動作が雑になってきているので寸前で避けるのは容易だった。後ろでヒヤヒヤしながら見守っていたノルドだが、インベントが完全に間合いを見切っているのを見て多少なりとも安堵する。

（盾……盾……盾……）

インベントは、収納空間から三枚の盾を連続で出し、モンスターの頭部目掛けて投げる。モンスターはいきなり現れた盾を野生の勘なのか反射的に弾いていた。

（左……右……この流れなら、最後は左で弾く！　だよね！）

モンスターは最後の盾を左手で弾く際、自身の左手に視界が遮られる。そのタイミングを見計らい、インベントは『縮地』で死角に移動した。これでモンスターはインベントを完全に見失う。インベントは『反発移動《リジェクトムーブ》』を使い、また真上に飛び上がった。モンスターの頭上、約七メートル。

空中で静止した瞬間。

（『縮地』！）

モンスターの頭目掛けて一気に加速するインベント。更に早業で武器を収納空間から取り出した。加速しながら取り出した武器は斧。小型ではあるが、インベントの筋力ではまともに振るえないほど重い斧。地上でこれほどの重さの斧を振り回すことはできないが、落下する力を利用し、モンスターの上にただ振り下ろすだけならインベントにもできる。

（秘技！　兜割！）

『理想郷《イングワズ》』の狩人たちを真似てかっこつけているが、秘技でもなんでもない。ただの斧による振り下ろし攻撃である。ただ振り下ろすだけだが、上空七メートルからインベントの体重を乗せ、『縮地』を組み合わせ振り下ろされることにより、想像以上の破壊力を生む。

「アベィア！」

モンスターは暴れるかと思いきや、呻き声とともに静かに地面に沈んでいく。普段は攻撃した後はすぐに距離を取るようにノルドに叩き込まれているインベントだが、攻撃の手応えからモンスターが絶命したことを確信した。

モンスターの命が消えていくのをしっかりと感じ取りながら斧から手を離す。完全勝利——

「うぐぅ!!」

安心もつかの間、インベントは呻きながら、地面にしゃがみこんだ。

「お、おい。インベント。どうした？」

惚けていたノルドが慌てて駆け寄る。インベントは、自身をかき抱くように、両肩を自身の手で押さえつけている。

「い、痛え……」

「ど、どうした？　怪我か？」

「い、いや……思いっきり斧でぶっ叩いた時に肩が抜けそうになっちゃいました……ははは」

かなりの大物を目の前でたおした割に、緊張感のない顔でヘラヘラと笑うインベントに拍子抜けしてしまう。

「ハハハ。だから、鍛え方が足りないと言ってるだろう。情けない奴め」

「いやいやかなり痛いですよ」

「身体を鍛えろ。この貧弱め」

「痛てて……」


サル型をたおしてから十日が経過。本日もモンスター狩りに勤しんだ後、自室に戻ってきた。充足感に満ちた笑顔でベッドに横たわるが、次第に顔が曇っていく。

「……モンスター狩りで夢中になってたけど、勧誘が全く上手くいかない!!」

ノルド隊（仮）は現在ノルドとインベントのみ。駐屯地司令官であるエンボスからは、人員を増やすように指示があったが、あれから実に二十日以上が経過している。

インベントにとってノルド隊は、毎日モンスター狩りができる素晴らしい環境。勧誘行為は億劫ではあるものの、どうにか隊を存続させたいことはさせたい。だが、ノルド隊が仮部隊から本部隊への昇格を狙っているという噂は、すぐに駐屯地中に轟いていたようで、インベントはあらゆる部隊の隊員から避けられる生活を続けていた。誰も好き好んで『狂人』と呼ばれる隊長率いるノルド隊に入りたくないようだった。


「くそお……なんかめんどくさくなってきたな……」

『お～い、頼まれてたモノ届いたぞ』

武器倉庫の隅でため息をつきながら武器を手入れしていると、アイナが話しかけてくる。話しかけてくると言っても、相変わらず念話で、だが。

「え!?　どこどこ!?」

インベントは依頼していたあるものを確認し、手に取る。

「うわあ完璧だ！　これならちゃんと、ギリギリ収納空間に入るよ！　アイナ、ありがとう！」

『そりゃ～よござんしたな』

インベントは新しいおもちゃ……もとい「とある武器」を手に入れた。身の丈を越える長さと、重すぎる故に持ち上げることも難しいが、収納空間の性能を完璧に把握しているインベントは、ゲートを巧みに使いスルスルと収納していった。収納空間はしまわれる際に内部に引き込む引力のような力が発生するため、先端さえゲートを通過さえしてしまえば後はお手の物である。とはいえ計算上できるとはわかっていたものの、実際に計算通り重いものでもしまえたことを喜ぶインベントだが――

『で？　勧誘は上手くいってんのかよ？』

「あ～……」

『シシシ、だめみたいだな～。オマエ、知り合いも友達もいなさそうだもんな～』

「と、友達ぐらいいるよ！　あの……えっと……ホイルマン？　ホホイル？　ホルホル？」

『アタシに聞くなよ……。てか名前も覚えていないやつを友達扱いすんな』

「ね～、面倒だからアイナが入ってよ～」

『ハハ、何度頼まれてもや～だよ～。アタシは倉庫番でチョー忙しいからな。ま、期限も決まってないゆる～い命令だろ？　のんびりやるこった』

「ちぇ～。もう声かける人いないよ……。まあいいや、修業してこよ～っと！」

新しいおもちゃを手に入れたインベントは、現実逃避するかのように、勧誘そっちのけで新しい技の修業を始めることにした。だが翌日、エンボス司令官はまるで全てを見透かしたかのようにふたりを呼び出した。

「で？　勧誘はどうなっている？」

「え……あ〜……」

「ハア……上手くいっていないのだな」

ノルドはいつも通りの仏頂面。目が泳ぎ縮こまるインベント。

エンボスはふたりを見て、勧誘活動が難航していると察した。

「一匹狼気取りのノルドだ。隊員の勧誘は難しいとは思うが頑張ってくれ」

「は、はい」

勧誘を忘れて修業していたことなど言えず、インベントはただただ頷いた。

「ハア〜」

インベントは、司令官室から出た廊下で盛大にため息をついた。

「ふん……エンボスめ。偉そうに」

「いやいや、大分甘やかしてくれてるらしいですよ。武器倉庫の女の子が言ってました」

「こうなりゃ、誰かの弱みにでも付け込むしかないか。借金で頭抱えている奴でも探すか？」

「完全に悪人の考え方ですよ……それ」

ノルドはこれまで一人も勧誘していない。声をかけるのが億劫であり、声をかけたとしても勧誘が成功するとは思えなかったからだ。新人からのお誘いのほうがまだ可能性があると思っていたが、その芽は潰えている。多少なりとも落ち込んでいるように見えるインベントを見て、ノルドは気まずそうに頭を掻き、仕方なく知恵を絞る。

（そろそろエンボスの小言も飽きた。とはいえ正攻法じゃ無理な話だ。どこかに上手いこと引きずり込めるような奴がいねえもんかな。まあ、そんな都合よくいかないか……ん？）

誰かが走ってくる足音が聞こえた。そして――

「見つけたわよ！　インベント！」

そこにはロゼ・サグラメントが息を切らして立っていた。インベントは咄嗟にノルドの後ろに隠れた。

「インベント！　再戦を申し込むわ！」

「い、嫌だよ」

ぐいぐい迫るロゼと嫌がるインベントの間に挟まれたノルドは、うんざりしながらロゼに声をかけた。

「おい、ガキんちょ」

「はい？　私《わたくし》のことかしら？」

「俺の隊員にちょっかいをかけるな」

「い、いえ……これは正当な模擬戦の申し込みであって……」

ノルドは高笑いし――

「何を言ってやがる。インベントに惨敗したから名誉挽回のために再戦したいだけだろうが？　これだからエリートはめんどうなんだ」

「ぐぬぬ……」

「それにインベント本人が嫌がってる。この前はバンカースがいたからな。けしかけた……もとい、戦わせてやったがな」

　インベントは守ってくれそうに見えたノルドに一度は安心した。が――

「ま、どうしても模擬戦したいんなら、こっちにも利益がないとなあ～」

「利益ですって？」

「そうだ」

　インベントは首を傾げた。

（おかしいな？　ノルドさんが断ってくれると思ったけど……もしかして、そういう流れじゃないの？）

「わ、私《わたくし》、お金とかあまり持っていないのですけど……」

「ガキから金なんてせびったりしねえよ。そうだな。もしも負けたら……いやいや、ま～さか『神童』が二連敗なんてありえないだろうが」

「ぐぬぬ!!」

　軽く煽るだけで、簡単に燃え上がるロゼ。

「ノルドさん、まさか……」

「まぁ、そんなことはないだろうがな。万が一もう一度お前が負けたら、そん時は俺の隊に入れ」

「はぁ、やっぱり……」

望まぬ模擬戦が再度始まりそうな予感に、インベントは不安にかられる。

「なんで俺が戦わないといけないんですか。って、これ前も言いましたよね」

「まあいいじゃねえか。勝てば隊員ゲットだ」

「もう一度勝てるかなんてわからないですよ」

「――だろうな」

インベントは、予想が外れたことに目を丸くした。あれだけ言うからには、今回もノルドには、簡単に勝てる策があると思い込んでいたのだ。

「な、何か作戦とか無いんですか？　この前みたいに」

「必勝の策は無ぇよ。ま、分かってるだろうが、前回と同じ手は通じないと思っておけ。初見の『縮地』はさすがに対応出来ねえだろうし、どうにかなんだろ。まあ、ぜいぜいがんばってみろ」

「も〜、他人事なんだから……」

ノルドは笑い、ロゼを見た。

「はぁ……もう、仕方ないですね。やりますよ、やればいいんでしょう」

「よし。インベント、ロゼ。準備はいいか？」

「いつでも大丈夫ですわ」

ロゼは不敵に笑い、模擬戦用の木剣を手に取った。

「私はこの木剣しか使いませんけど、あなたはなにを使っても構いませんからね。色々とお持ちのようですし」

（こいつ……インベントが【器《ペオース》】だと調べてきたな。なるほど、それで、油断もしてなければ、準備も万端ってわけだ）

「だとよ。インベント」

「まあ……はい」

インベントは了承しつつ、同じく模擬戦用木剣を手に取った。

「いいのかしら？　槍でも剣でも構わないですよ」

「別にいいよ。これで」

「そう。それでは早速始めましょう」

ロゼは木剣を構え、ゆっくりと前進してくる。

「はじめっ！」

ノルドの模擬戦開始合図とともに、インベントは前回同様煙幕を使った。

（あの触手がある以上、接近戦は極力避けないとね！）

煙幕と同時にインベントは上空に跳ぶ。だが――

（あれ？　どこだ？）

インベントは地上にいるはずのロゼを見失ってしまった。

当然だが、煙幕は相手から自分を見えなくするが、自分自身の視界を塞ぐことにもなる。

奇襲するつもりが逆に奇襲を仕掛けられるかもしれないと思い、インベントは一度ゆっくりと地面に降りた。だが、奇襲を受けるかもしれないというのは杞憂に終わった。

（木を背にしていたんだね……なるほど）

ロゼは大木に背を張り付けていた。これでは上空からの攻撃は木々に阻まれてしまう。視線は斜め上、更に一〇本の触手を伸ばし、左右からの攻撃もしっかり警戒している。

「よくわかりませんが……あなた、凄まじい跳躍力があるみたいね」

余裕の表情を崩さぬよう気を付けてはいるが、ロゼはとりあえず前回と同じ展開で負けることを回避できたことで胸を撫でおろしていた。

「今度は――こちらから行きますわ！」

ロゼは流麗な動きで剣を構え、素早く接近してきた。

（前回攻撃を見ているのは俺も同じ。あの触手があるし、まともに接近戦なんてしないよ）

インベントは盾を取り出し、立て続けに四枚を投げつけた。急に出てきた盾に多少は驚くロゼだったが、難なく盾を叩き落とす。一枚目、二枚目、三枚目。四枚目を叩き落そうとした時――

「な!?」

見えていたはずのインベントが視界から消えてしまった。

（ど、どういうこと⁉　ま、また跳んだ⁉）

ロゼにとって、インベントが『消える＝飛翔』だと刷り込まれている。瞬間的に上空を見上げるがインベントはいない。

このままでは前回の二の舞になる。そう思ったロゼは、自身を中心に触手を回転させ身体の周辺を触手の壁で覆った。どこから来るか分からないインベントの次の攻撃に備えるべく、ロゼはうごめく触手の渦の中にいるかのような状態になった。

「うわっ」

インベントの間抜けな声にロゼははっとした。左後方から聞こえた声――

振り向けば、触手がインベントの木剣を弾き飛ばしていた。ロゼは逃げるようにインベントから距離を取る。

それを見たノルドは思わず嗤う。

（初見で『縮地』は予測できねえだろうな。まったく……初見殺しな男だ。クックック。だがこれで決められなかったのは痛いな）

ロゼは余裕なふりをしながらも、内心冷や汗をかいていた。

（もしも木剣でなければ……模擬戦じゃなく決闘だったなら、私は死んでいたかもしれないわ）

ロゼの触手は、拘束力は高いものの刃物に対しての耐性はほとんどない。しかし、拘束力も高く叩くなどの物理攻撃に対する防御力がピカ一のため、刃物を使えない模擬戦の場合は無類の強さを発揮するのだ。ロゼが模擬戦連戦連勝しているカラクリはこれである。

インベントの攻撃に、ロゼは二度目の敗北気分を味わうが——

(弱気はだめよ！　勝負はついていないわ！　ここから勝つ！)

ロゼは足元から生やした触手を前方以外に展開し、うねらせつつ長く伸ばしていく。死角からの攻撃を完全に封じるために。

「う、うわ〜、気持ち悪い……」

「うふふ。これで奇襲は喰らいませんわよ？」

ロゼの目論見通りインベントは攻めあぐねていた。しかし広範囲に継続して触手を展開することは、幽力を垂れ流しにしているような状態だ。かなり体力を消耗してしまうので、長時間使える手ではなかった。

(ダラダラやってる場合ではないわね)

ロゼは触手とともにインベントに襲い掛かる。どうやって攻撃すべきか未だ考えがまとまっていないインベントは、『反発移動《リジェクトムーブ》』で一旦後退する。多少驚くロゼだが、これまでとは違い視界から彼が消えていないことで調子をすぐに取り戻した。

「見える！　見えているわよおおおお！」

一番の脅威だった視界からの消失。見えてさえいれば私が負けるはずがない——真正面からぶつかることができるならばインベントを打ち負かすのは容易いと判断した。

「ハッ！　フッ！」

ロゼの鋭い斬撃。続けてインベントに迫る一本の触手。

「うう！」

いくらノルドとモンスター狩りに出かけるようになったからといって、まだまだインベントは戦闘素人の域を出ていない。どうにか一度は攻撃を回避するインベント。だが――

「うわ！」

左手首に触手が巻き付き、引っ張られてしまった。

（こ、これはまずい!!）

触手一本の力はそれほどでもないが、複数本の触手に絡みつかれれば戦闘不能になることは容易に想像できた。インベントは咄嗟に収納空間からナイフを取り出し触手を断ち切る。だが別の触手がすぐそこまで迫ってきていた。

（リ、『反発移動《リジェクトムーブ》』！）

どうにか上空に逃げようとするインベント。だがロゼの触手は追いすがる。

「待ちなさい!!」

右手をインベントへ向け、触手を三本伸ばす。本数を減らしたため、ますます正確かつ力強い触手がインベントに迫った。

（や、やば……！）

逃げる？　それとも切断する？　先ほど触手を断ち斬った記憶が脳裏によぎる。

「えい！」

剣を取り出し迫る触手を切り落とす。いや切り落とそうとした。

「え!?」

触手はインベントの攻撃をまるで生きているかのような動きで避ける。そして再度左手に触手は巻き付いた。

（ま、まずいまずい！）

インベントはナイフから長刀に持ち替え触手を斬ろうとする。

だが、先ほどより力強く柔軟な触手はうねりながらインベントの斬撃を避ける。

「な、なんだこれ！」

「オホホ、ホホホ!!」

ロゼはインベントを拘束したまま地面に叩きつけようとする。

（『反発移動《リジェクトムーブ》』！　最大出力！）

通常であれば使用しない威力の『反発移動《リジェクトムーブ》』。インベントは、なんとか強引に触手を振り切った。

だが、ロゼも千載一遇のチャンスを逃すまいと食い下がる。第二第三の触手が絡みつこうとインベントに迫る。

「くうう……！　逃がしませんわ！」

空中にいるインベントの左手に触手が絡みつく。劣勢のインベントだが、ロゼも触手の使い過ぎであまり余力はない。

「痛たた」

インベントは『反発移動《リジェクトムーブ》』から地面に落下した。叩きつけられたわけではないが、左手には触手が巻き付いたままだった。

「ふふ……ふ」

万事休す、かと思いきや、左手に巻き付いた触手をものともせず、インベントは右手でロゼにナイフを投げつけた。ロゼはそれを難なく躱す。続いてインベントはあいている右手で収納空間から軽い剣を出し、片手で構えた。

「あら？　剣術で勝負かしら。いいですわよ！」

インベントの素人丸出しの剣技は怖くない。それに今はロゼとインベントの身体は触手で繋がっているため、たとえ妙な動きをされたとしても以前のように居場所を見失う心配もないのは安心材料だ。油断さえしなければ勝てる。そう確信するロゼがゆっくりと間合いを詰めてくる。

インベントは躊躇なく剣を投げた。ロゼはそれを弾き飛ばす。

(そうだったわ、収納空間ね。まあ、なにが出てきたところで……え？)

剣、槍、斧、ナイフ、薙刀……。次々と武器を投げつけてくるインベントに、鬱陶しそうにロゼが叫ぶ。

「往生際の……悪ぃ！」

全てを弾き飛ばしながらインベントに迫るロゼ。そしてとうとう在庫が尽きてしまったのか、インベントは木剣を構えた。だがロゼの横薙ぎ一閃で木剣はインベントの手を離れ、飛んでいく。

(貧弱！　貧弱すぎるわ！　勝った！)

湧き上がる喜び。だがインベントの目を見てロゼはゾクリとした。

(え？　なんなのその表情？)

インベントは安堵の笑みを浮かべていた。

(誘い込めなければ負けだったな～。まったく……もう模擬戦なんてこりごりだよ)

インベントは触手で自由を奪われている左掌を、クイっと下に振るう。

「ゲートオープン。丸太ドライブ——参式」

インベントはゲートを開いた。位置は、ロゼの頭上。ゲートから顔を出した丸太がロゼの頭目掛けて落下してくる。全長二メートル、直径が三〇センチメートルほどの丸太。重さは七〇キロをゆうに超える。アイナにお願いし用意してもらった、収納空間にギリギリ入る特注の丸太である。

武器クラッシャーのインベントが、なにか壊れない武器はないかと考えて思いついたのが丸太であった。本来ならばモンスターを叩き潰すための丸太だが、犠牲者第一号はロゼとなった。

何が起きているのか分からないまま、咄嗟に丸太の直撃から逃れたロゼだったが、後頭部に丸太がかすめたようで倒れて込んでしまう。ロゼはそのまま、声もあげず意識を失った。

「フウ……決まった……」

丸太ドライブ参式は、上から下方向に丸太を発射する技。壱式は水平方向に、弐式は下から打ち上げるように。可能ならば壱式で仕留めたかったのだが、壱式は速度、正確性に難がありロゼの反射神経ならば容易に避けられると判断し、参式を選んだ。

少しでも丸太を落とす地点がズレれば負けだったろう。ゲートを開く地点は自分自身から離れれば離れるほど扱いが難しくなる。インベントは、ロゼに上手く丸太をかすめることだけでもできて胸を撫でおろした。

「馬鹿！　やりすぎだ！」

「え？」

模擬戦が決着を迎えたが、大慌てでノルドはロゼに駆け寄った。上半身を起こす。額かどこかを切ったのか、血が出ている。

「こんなバカデカい丸太を頭部に思い切りぶつける奴があるか！」

「い、いや……思い切りではないです……けど」

「し、死んでねえだろうな？　あーくそ！　さっさと医務室に連れていくぞ」

「は、はい」

その後――。

ノルドとインベントはエンボス司令官に盛大に怒られることとなった。模擬戦で相手に大怪我を負わせるなどもっての外だからである。幸い大事にはいたらなかったが、インベントの攻撃は、明らかに対人の模擬戦において過剰攻撃であることは間違いなかった。

いつもは基本的に上層部から何を言われても我関せずのノルドだったが、今回ばかりは監督責任を感じているらしく、嫌々ながらもエンボス司令官の説教を受け入れていた。

ロゼは一度夕刻に目を覚ました。意識はまだ朦朧としていたが、水を飲みつつずっと窓から見える空を眺めていた。翌日医療班が健診を行い特に問題は見られなかったが、頭を強く打っていたので念のためしばらく安静にするように言い渡された。外部の面会が許されたのは、その翌日だった。

面会が許されるようになると、インベントとノルドは、申し訳なさそうに入室した。

「あ、どうも」

「あら、ノルドさんにインベント」

ベッドに横たわりながらもロゼの血色が思ったよりも良さそうで、インベントは安堵した。

「あの、ご、ごめん。体調は、大丈夫？　命に別状ないとは聞いてるけど……」

「ん？　ええ、気にしないで。無理矢理模擬戦をしかけたのは私ですし」

「そう言ってもらえるなら、ありがたいけど……」

ロゼが思ったよりも元気そうなことに再度安心する。ノルドは腕組みをしながら、バツが悪そうに――

「……悪かったな」

と言った。

ノルドが謝罪している様子があまりにも似合わなくて、ロゼは思わず吹き出してしまった。

「うふふ、本当に気にしないでください」

「いや……まあ……なんだ。大事にならなくて良かった」

「まだ首は痛いですけどね。でもどうやって攻撃されたのかわからないの。記憶が曖昧で」

「あ〜……そりゃあ〜」

説明を求めるように、ノルドはインベントを見つめた。

「丸太をぶつけたんだよ」

「丸太？」

「これなんだけど──まずね、ゲートを開くでしょ」と言い──掌を上に向け、ゲートをロゼの目線の高さで開いた。

「ゲートを下向きに開いて、丸太を出したんだよね〜……あ」

ゲートからゆっくりと丸太が出てくる。ドスンと丸太が病室の床を揺らす。丸太が床に少しめり込み、ノルドは「おい」と少し苛立った様子で声を上げた。ただでさえこの件では上層部に怒られているので、ノルドは、病室の床に穴をあけてこれ以上怒られたくなかった。

「これはまた……中々の迫力ですわね。ねえ、インベント」

「ん？」

「そもそもなんですけど、ゲートっていうのは何かしら？　収納空間の入り口ってことかしら？」

「そうだよ」と言いゲートをロゼに向けて開いた。

「なるほど……そのゲートとやらを私の頭上で開いたのね」

「うん」

ロゼは「なるほど」と言い――

「【束縛《ニイド》】で捕まえた時点で勝ちを確信してしまったけど、掌で踊らされていたのね」

「いや～正直負けたと思ったけどね。手から離れた場所でゲート開くのって結構難しいんだけど、幸い、こっちからも触手でロゼの身体をコントロールしやすかったし、イチかバチかで」

ロゼは「ふふふ」と楽しそうに笑う。いつの間にか、それまでロゼに渦巻いていた恐ろしいまでのむき出しの敵意は消え去り、代わりに一五歳の女の子の柔らかい表情になっていた。そして――

「なるほどね……ですが、これからは問題なさそうね」

インベントは「問題ない？」と首を傾げた。

「私がモンスターの足止めをする。そしてインベントがモンスターの頭上から丸太を落とす。ふふふ、いいコンビネーションになりそう、完璧じゃない？」

インベントは柏手を打って「あ～確かに！」と笑う。

「ちょ、ちょっと待て」

勝手に話を進めるふたりに、ノルドは慌てた。

「どうしましたか？　ノルド隊長」

ロゼはそこで、ノルドのことをはじめて「隊長」と呼んだ。

「い、いや。勝負をけしかけておいてなんなんだが……。本当に俺の部隊に入っていいのか？」

「ちょうど部隊を抜けている状態ですので、恐らく問題ありません。まあ大物狩りの件で色々……ありましたので」

「そ、そうか……しかし……あれだな」

「なんでしょう？」

ノルドは言いにくそうだ。

「どうしました？　ノルド隊長」

「あ～！　うるせぇ！　お前ら、隊長隊長言うんじゃねぇ！」

ロゼは不思議そうな顔でノルドを見た。

「はは、ノルドさん。照れてるんですか？」

インベントは、初めて見るノルドの照れ顔に笑った。

「う、うるさい」

長らく一匹狼だったノルドは「隊長」と呼ばれるのが気恥ずかしいのだろう。

「ハア……ロゼ、お前……もっとそうだな……なんというか」

「なんでしょう？」

「いや……性格のねじ曲がった小娘だと思っていたんだけどな」

ストレートな物言いに、ロゼは両手で口を隠しながら笑う。

「調子に乗っていたのは認めますわ。ですが、二度……いえ三度も負けてしまっては調子に乗れないですからね」

「はは、そうか」

兎にも角にも、こうしてノルド隊にロゼが参加することが決まった。隊員がやっと三名になり、なんとか正式な部隊として認められることになった。

めでたしめでたし、のように思えた。

――ロゼが、ノルド隊がどんな部隊か全く知らないことを除いて。


五日後。

怪我から復帰し、正式にノルド隊に配属されたロゼの任務初日がやってきた。ロゼは集合時間三〇分前に来て、他の隊員が来るのを待っていた。集合時間の三分前になり、ようやくインベントがやってくる。

(新人がこんなギリギリに来るだなんて……弛んでいますわね)

だが弛んでいるわけではなかった。集合時間丁度にノルドがやってきた。そして「行くぞ」と言いインベントはついていく。戸惑いながらも、ロゼはインベントに倣いついていく。

（あら。他の隊員とは、別の場所で合流かしら？）

ずんずんと森を進んでいくふたり。堪えきれずロゼはふたりに声をかけた。そして知る。ノルド隊は自身を含めたった三人しかいないことに。

「お、おかしいですよね？　隊の最低構成数は確か四人ですよね？」

「ああ〜そうだったか？」

「ずっと二人だったからさ〜。エンボス司令官にまずは三人にしろって言われてはいたけど、顔を合わせる度に勧誘はどうなってるって言われて困ってたんだ〜」

インベントのその言葉に、ロゼは思考が追い付いていない。

（二人？　え？　誰か欠員がでたわけじゃなく？　ノルド隊は全員揃って三人ってこと？）

ここはまだ戸惑いの一丁目である。

ロゼが次に驚いたのがノルド隊の進行スピードだ。

（お、恐ろしい速さでノルド隊長は突き進んでいきますわ！　こんなのついていくのがやっと！）

ノルドはアイレド森林警備隊で一、二を争うスピードの持ち主だ。ロゼに配慮して多少速度を落としてはいるが、そんなことは悟らせまいと、ノルドはロゼがついてこられるギリギリで走っていた。

「とりあえずここでいいか」

三〇分走り、ノルドは止まった。ロゼは息を切らしているが振り返ると、後ろを走っていたインベントがいない。

「あ、あら？　インベントは？」

「ん？　そこだが」

ノルドが指差した先にインベントがいる。しかも、全く息も切らしていない様子だ。

（ど、どういうことよ？　あの子は私より後ろを走っていたはずでしょう……いつの間に、どこで抜かされたの？　体力は勝っている自信があったのに）

ロゼはまだ、インベントが『反発移動《リジェクトムーブ》』で飛べることを知らない。『縮地』を習得して以降、着地に難があった空中移動も上達していた。走っていないのだから息を切らしていないのは当然である。

そんなインベントを見て、同じ新人だというのに息が上がってしまっているロゼは、劣等感を覚えずにはいられなかった。

（うふふ……何が……『神童』ですって。コイツを見てたら、私なんて大したことないじゃない……）

落ち込んでいると、ノルドが——

「おい。後ろだ」

と呟いてロゼの肩を軽くたたきながら通り過ぎた。そう思ったのも束の間——ノルドは、ネズミ型のモンスターを斬り伏せていた。

「なッ？」

あまりの早業にロゼはびくりとするだけでなんの反応もできなかった。

「あ、あの！」

「なんだ？」

ノルドは「声がでかい、モンスターに気付かれる」と注意しようかとも思ったが、初日にあまり厳しくし過ぎるのも良くないかと思いとどまった。

「こここって……すでに危険区域だったりしますか……？」

「ああ。そりゃあそうだろ」

何を当然のことを聞いてくるのかと、ノルドは少し呆れ顔だ。ロゼは駐屯地勤務が初のため、まだ土地勘がないようだ。

「き、危険区域をあんなに爆走してきたんですか!?」

「ん？　あ〜……まぁ、そうだな」

で？　だからどうした？　そんな言葉が聞こえてきそうな顔だ。だがロゼも引き下がれなかった。

「ふ、不意打ちされたらどうするんですか？」

「不意打ちだぁ？」

ノルドはまるで戯言を聞いたかのように嘲笑う。

(わ、私、間違っていないわ！　森林警備隊での死傷者の大半はモンスターからの不意打ちよ！

あ！　わかりましたわ！　そういうことね！)

「なるほど！　ノルド隊長は【人《マン》】のルーンをお持ちなんですね！」

「ハッハッハ！　あんなレアなルーンあるわけないだろう」

「え？」

「そんなことより、次だ。さっさと行くぞ」

ノルドは危険区域を颯爽と歩いていく。平然とうしろをついていくインベントを見るに、これは日常風景であることは間違いなかった。

（い、いやいや！　危険区域よ!?　駐屯地の広場を散歩してるんじゃないのよ!?）

ノルドが持つ【馬《エワズ》】のルーンは、鍛えれば鍛えるほど野生の勘が強化され、モンスターを発見する能力が高くなる。ただし、危険区域を闊歩しても問題ないレベルまでルーンを使いこなせる人間など、ごく一部だ。

「い、インベント」

「ん？　ロゼ、どしたの？」

ノルドでは話にならないと感じ、ロゼはインベントに話しかけた。インベントは極めていつも通り行動しているようだ。非常に落ち着いているインベントを見て、ロゼの不安は増す一方である。

「こ、こんな危険区域を闊歩して大丈夫なのかしら？」

「ん？　何が？」

「い、いえ……そのぉ……」

本音を言えば『怖い』だった。だが同期のインベントに対し、そんな言葉を言えるほどロゼのプライドは低くない。どうにか言葉を選び――

「こ、こんな危険区域のど真ん中に入る必要は……ないんじゃないかしら？」

「え～？　そんなことないでしょ」

インベントはニコニコしている。無邪気な笑顔を見て、ロゼはゾクリとした。

「モンスターを狩るには危険区域じゃないとね」

無邪気な笑顔は無邪気な精神から来る。モンスターをただ単純に狩りたいという純粋な欲求。己が恨みのためにモンスターを狩るノルドと、己が楽しみのためにモンスターを狩るインベント。ふたりの狂人がいる部隊、それがノルド隊。気付いたときにはもう遅かった。

逃げ出したい――そう思いながらも、他に行くあてもないロゼは、なんとかその恐怖に抗う。

戦闘面でも驚きの連続だった。ノルドのモンスターの狩り方は常識的な方法ではないからだ。一言で言えばシンプル。気付かれる前にモンスターを発見し、気づかれる前に殺す。効率を追求したやり方。ただこのノルド式とも言える狩り方法は、ノルドがいなければ成り立たない。

事前にモンスターを察知する能力。そして、敵に気付かれる前に殺すことができる確実な殺傷能力。

高いレベルでこの二つ能力を有しているノルドだからこそ可能な狩りの方法である。

（ノルド隊長はお強い。バンカース総隊長と比べても遜色ないレベルですわ）

近くで見るからこそわかるノルドの強さ。特に剣術は、才能あるものが長年の研鑽を積み重ねてきたからこそ到達できる境地。ロゼ自身も非凡な才能を有し、人並み以上の鍛錬を積んできている。

だからこそ経験と実践に裏打ちされた実力差をはっきりと理解できた。

バンカースはロゼに「ノルドさんは剣なら俺より上だな」と言っていたが、ロゼの見立てではほぼ同格に見える。ただ、バンカースが正統派な剣術だとすれば、ノルドはモンスターを殺すことに特化した剣術だ。

そしてこの新人、インベント。ノルドがモンスターの位置を指示すると、うきうき嬉しそうにしながらモンスターを探し、見つけた瞬間にはもう動き出し、難なく仕留める。

ある時は剣を、またある時は槍、斧、もしくは木槌。武器に一貫性はなく、構えも素人同然。だがいつの間にかモンスターを葬っている。理解し難い動き。

(何よ……コイツは？)

インベントが常識の範囲外であることは二度の模擬戦で痛いほど理解していた。だがモンスターを狩るインベントと、模擬戦のインベントはまるで別人のように思えた。模擬戦では手を抜いていたのではないかと疑ってしまうほどに。

動きのキレや判断力は明らかに模擬戦の時よりも上。相手がモンスターであればこそインベントは本気になる。人間との戦いでは彼は本気になれないのだろう。彼の中では対人戦とモンスター狩りは全くの別物だから。

(あの動き……剣術は本当にお粗末なのに……あの子に勝てる気がしない……)

「フフ……フフフ」

失意の少女は小さく笑った。

(こんな面白い隊があったなんてね。誰も寄り付かない理由がわかったわ。隊員が二人しかいないのも当然。こんなバケモノふたりに誰もついていけないでしょうからね。だけど私はロゼ! ロゼ・サグラメント! 『妖狐』を超える女よ!)

ロゼは額を自らの右拳を尖らせて殴った。それは彼女自身もバケモノの仲間入りをする、と決意した瞬間だった。

(とはいえ……ですわ)

ロゼは考える。自分にできることはなんだろうと。

(この隊……チームワークが全くない……いや違いますわね)

ロゼはこの隊における自分自身の役割を分析する。言語化し何が自分にできるかを考えているのだ。

(隊長はさっさとたおせるモンスターは自分で殺してしまう。少し距離がある場合はインベントに任せている……のかしら? これはこれで分業ができていると言えるのかもしれないわね)

ノルドとインベントはロゼのことなど忘れてモンスターを狩りまくっている。ロゼは焦ることなく、ふたりを観察する。

(しかしまあとんでもない数を殺していますわね。これって凄まじいことなのでは? もっと評価されるべきよね? どうしてウワサにもなっていないのかしら?)

ちなみにノルド隊のモンスター討伐数は一日一〇〜二〇体。だがノルドはまともに報告しないし、そもそも数えてもいない。そして証人もいないので何体討伐しているのかは誰も知らなかった。インベントも報告になど興味がない。『理想郷《イングワズ》』の世界のように、討伐報酬で特殊なアイテムが貰えるならば別だが。

（どうしたものかしら……ん？）

ロゼはノルドのある動きに違和感を覚えた。

昼食時――。森の中。

ノルドが「休憩だ」というと、インベントはその場に座り、マイペースに携帯食料を食べつつ、もくもくと収納空間を弄り始めた。ノルドは少し離れた岩に腰を下ろし、瞼を閉じた。ロゼはなんともノルド隊らしい休憩風景と思いつつ、ノルドに近寄った。

「ノルド隊長」

「ん？」

「さっき……進路を変えてましたよね」

「……ほう」

「理由を聞いてもいいですか？」

「あ〜」

ロゼの言葉に、ノルドは気まずそうに頭を掻いた。

「ハア……まあいいか。あの先には恐らく強いモンスターがいた。だから進路を変えた」

「そ、そんなことがわかるんですか？」

「そんなことがわからないようではひとりで森の中に入って生きていけない。ま、今はコブがふたりくっ付いてるがな」

自嘲気味に言うノルド。そんなノルドを見て、ロゼは意外そうに目を丸くしている。

「意外ですわね、みなさんが色々と教えてくださいましたが。ノルド隊長ってえっと、そのお……」

「なんだ、ハッキリ言え」

「なんというか……もっと、狂気じみた方かと」

「ハハハ。なるほどな」

ノルドは服を捲り左腕を見せた。そこには大きな傷跡があった。

「何年か前にひとりで強いモンスターに挑んだが……その時にやられた。昔は今以上に無茶もやった。索敵も未熟だったしな」

「なるほど……そうだったんですね」

ロゼは少し考えるようにうつむいたが、ノルドに再び向き直った。

「さっきの話に戻るのですが、避けたモンスターに関してです」

「ん？」

ロゼは、ニコリと笑いながら、ノルドに堂々と言った。

「力を合わせればその強いモンスターもたおせたんじゃないですか？」

ロゼの意見を聞いてノルドは思う。

（あ～……やっぱ隊員が増えるとめんどくせえなあ……ハア）

どう説明したものか。ノルドはインベントを指差した。

「あのバカはモンスターを見つけたら突進するタイプだろ。強ければ強いほど燃えるタイプだ。俺なんかよりよっぽど狂気じみてやがる」

「……わかる気がします」

「この前も特殊個体と遭遇したが、あいつは嬉しそうに立ち向かっていった。あんな戦い方を続ければ命がいくつあっても足りねえ。そもそもあいつはまだまだ未熟だ」

それを聞いて、ロゼはクスクスと笑いだした。

「なにがおかしい？」

「いえいえ。思ってたよりも、お優しい方だな、と」

「チッ。もうこの話は終わりだ」

「すみません、生意気言いましたわね。ですがもう一つだけ。危険なモンスターは……次から、私に任せてもらえませんか？」

インベントは収納空間を弄っていた。壊れた武器を分別し、午後からも元気いっぱいモンスターを狩る準備をしている。ノルドとロゼの会話にもさして興味は示していなかった。そこに、ノルドの声が届く。

「インベント」

ノルドが呼ぶ声に「はーい」と返事をし、インベントはふたりに近寄った。ノルドはインベントとロゼを集めて話し始めた。

「今後に関して少し話がある。一応確認だが、モンスターに等級があることは知っているな？」

「知らないです。なんですかそれ」

インベントは自信満々に答えた。

「……知らないのか」

「……知らないのね」

ノルドとロゼは呆れた様子でため息をついた。

「だ、だって説明されたことないし……」

「ハア……まあいい。等級ってのはな、簡単に言うとモンスターの強さだ」

「おお！」

インベントはモンスターの強さがランク分けされている事実に高揚する。『理想郷《イングワズ》』でも同じようにモンスターがランク分けされていることを知っているからである。

「モンスターの等級は、D級からS級まである。基本的にお前に任せているのはD級のモンスターだ。たまにC級も任せているがな」

「へえ〜」

「基本的に、階級は大体モンスターの大きさ・強さによって決まる。人間より小さいモンスターはD級、人間程度はC級ってな感じに、DからSまで等級が上がれば上がる程サイズに比例し段々と強くなっていく。モンスターに出くわすと、部隊長が現場で咄嗟にサイズや強さから等級を判断し、危険度に応じて退避する目安にするわけだ。ちなみにこの前倒したサル型はB級ってところだろうな」

ロゼが驚いて思わず「え？」と言う。

「サイズ的にはC級だったが特殊個体だったしな。B級で問題ねえだろ」

インベントは「へえ〜」と応えた。

「ちなみに言っておくと通常、B級のモンスターに遭遇したら、普通は即逃げるんだがな」

「——隊長」

ロゼが話に割り込んだ。

「C級でも基本的には逃げるように。それが普通ですわ」

「あ？　C級まで逃げることはないだろ？」

「いえ。後方支援含め十分に数が揃っていない場合、基本戦術は逃げること、です。まあモンスターの観察は可能な限り行いますが、複数部隊で撃破が基本です。バンカース総隊長に聞いても同じことを言いますよ」

「ほ〜……だそうだ」

ノルドとロゼの意見が食い違うのには理由がある。一〇年以上前、C級モンスターは「注意を払ったうえで可能ならばたおす」対象だった。だが、その後C級モンスター由来の死傷者が増えたため、C級モンスターについても森林警備隊は「逃げる」ことを推奨するようになったのだ。

「ま、とにかくB級は危険ってことだな」

インベントは「へえ」と呟き、考える。また強いモンスターに出会いたいと思いつつも、やはりレアモンスターは貴重な存在なのだろうか。

「やっぱりB級以上って中々いないんですね。この前たおしたサル型以降、ああいう強さのモンスターは見たことないですもんね」

「ふふ、違うわインベント」

「ん？」

「確かにB級以上のモンスターは少ないけど、遭遇する機会はそれなりにあるのよ。遭遇していない理由は――」

そう言ってロゼはノルドを見た。ノルドは、ロゼに会話の主導権を握られていることに嫌悪感を抱きつつも、インベントのほうへ顔を向けた。

「俺が遭遇させてねえんだよ」

「え？」

「この前のサル型は見誤ったから、仕方なく応戦した。だが、Ｂ級だろう気配を感じれば遭遇する前にルートを変えている。Ｂ級ってのは基本的に人間よりも巨大だ。防御特化のディフェンダーがいない場合、一撃でもくらえば致命傷だ。そんでもって奇襲しても一撃では殺せないことがほとんどだ。ソロで戦うのは危険すぎんだよ」

インベントは「えええ〜」と驚いて見せる。つまらなそうに眉間にしわを寄せた。

「ちなみに、インベント」

「なあに？　ロゼ」

「補足しておくと、昨年アイレド森林警備隊でＢ級モンスター討伐数は確か一〇匹程度よ」

「へ？　一〇？　少なっ！」

「それも複数の隊で対応しているはずですわ」

「へえ〜……」

通常であれば、複数の隊で対応すべき程危険なランクであるＢ級モンスター。だが、先日ノルドとインベントはＢ級のサル型モンスターを撃破したわけだ。

事の重要さを理解していないインベントに、ロゼは溜息を吐く。

「ちなみに、ノルド隊長」

「んあ？」

「B級の討伐は勿論、報告したんですよね？」

「ハッ、してねえよ」

ロゼは再度大きく溜息を吐いた。

「どうしてよ……も〜……」

呆れかえったロゼは、顔を右手で覆った。

「報告なんて面倒だからな。隊長会議もあんまり出てねえ」

「なんてことなの……それでよく隊長職を外されませんね」

「ハハ、俺のことはいいんだよ、これまでもこうだったからな。そんなことよりも本題に入れよ。いい加減、俺は説明に疲れた」

ロゼはキョトンとした顔でノルドを見つめた。

「あら……私がしていいんですか？」

「お前が立案者だ。お前がやれ」

「わかりました」

ロゼはインベントを見た。

「ここからは提案ですの。インベント」

「ん？」

インベントは、そろそろモンスターを狩りたくてウズウズしているようだ。ロゼは落ち着いて新しい作戦内容を語りはじめる。

「先程、隊長が説明してくれた通り、森林警備隊はB級に対して、基本的には逃げの一手なの。B級は人間以上に大きいから強いけど、大きい分モンスターの痕跡が残ってるケースが多い。だからある意味逃げやすくもあるのよ」

「ふ〜ん」

モンスターから逃げることに全く興味がないインベントは、心ここにあらずな様子だが一応相槌を打っている。

「ただ、アイレドの町や駐屯地近辺まで近寄ってきた場合、やむなく討伐するのがB級よ。普段は手を出さない。だけどね――インベント、このノルド隊ならB級の撃破が可能だと思っている」

インベントの顔が明るくなる。

「お、お〜、おおお〜？　ロゼ、それ、ほんと？」

「どうかしら。あなたさえよければ――」

「やろう！」

見事に釣られたインベントを見て、ロゼはニヤリと笑う。

「分かっていると思うけど非常に危険よ。下手したら死ぬかもしれない」

「そうだよね、分かってる。でも、うん、強いモンスターを今よりもっと狩れるんだしね。やろうやろう！」

「あなたならそう言うと思ったわ。だそうですよ、ノルド隊長」

ノルドは口をへの字に曲げた。

「な～にが『だそうですよ』だよ。思惑通りだろうが。まあいい。これからはＢ級のモンスターもある程度殺《や》っていくとするか」

「おおお～！」

「ただし!! 俺が撤退だと判断したら絶対に従え。これだけは絶対だ」

ロゼはすぐに頷いた。

「そうですわね。その辺の線引きは隊長にお任せします」

「まあ、お前は大丈夫だろう。さて……インベント」

「だ、大丈夫です」

目が泳ぐインベント。

「本当だろうな。……まあ、とりあえず、まずはやってみるか」


「いたぞ」

ノルドに引き連れられ、小高い丘に到着した三名。午前中にノルドが、Ｂ級レベルのモンスターに出くわしそうで危険だと判断し回避した場所に戻ってきていた。丘を下った先に、一体モンスターが横たわっている。

「で、でかい……」

インベントは、小声ながら驚き、大きなモンスターに少々興奮気味だ。それとは対照的に、ロゼは驚きからくる緊張で息をのんだ。

「どうしたロゼ？　実物を目の前にしてビビったのか？」

「フフ……そうですね。でも、Ｂ級モンスターなら、遠目で見たことがありますわ」

「なんだ、そうだったのか」

「でも、まじまじと見るのは初めてです。普通の隊であれば、こんなにアッサリと危険区域ど真ん中に連れてきてくれませんからね」

「――ハッ」

ノルドは悪い大人の顔をした。インベントはじーっとモンスターを観察している。歓喜と興奮で、今にも涎を垂らしそうだ。

モンスターは何かをするわけでもなくじっとしていた。

「オオカミ型だが、異常に巨大化しているな。通常、オオカミ型はＣ級だが、あれだけ大きいとＢ級で間違いない」

灰色の体毛に纏われた大型の狼。横たわっているため実際のサイズは予測するしかないが、恐らく立ち上がればインベントの身長と同程度だろう。Ｃ級オオカミ型の体重は成人男性程度だが、ゆうに二倍以上の重さはある。

「さて……お前ら。どうする？」

「いつでもいけます！」

インベントは今か今かと待ちわびている状況だ。

「お前はどうなんだ？　ロゼ。引き返すなら今だぞ」

「ふ、ふふ」

ロゼは汗を拭った。目を閉じて、深呼吸をする。

（これほど怖いとは思いませんでしたわ。まともに攻撃を喰らえば……即死でしょうね。ふふ、ふふふふ）

何事も大きければ大きいほど良いとは限らない。だが、戦闘に関して言えば大きさは圧倒的なアドバンテージとなる。モンスターのランク付けにおいて大きさがウエイトを占めるのは当然である。大きければ大きいほど、なんてことない突進も必殺となり、蓄えられる幽力も増し、モンスターは強くなる。

（ふたりは殺る気満々ね。躊躇はないのかしら……まったく）

ロゼは目をゆっくり開く。

「ええ。大丈夫です。手筈通り……いきましょう」

「よし、ぬかるなよ」

カーン、カーン――

森の中に似つかわしくない金属音が木霊する。モンスターはすぐに視線を金属音の発生源のほうへ向けた。丘の上からゆっくりと歩いてくる白髪交じりの男、ノルドが剣で柄を叩いている姿があった。身を隠さず、静寂を邪魔するように音を鳴らし続けるノルド。モンスターはこれが威嚇であることをすぐさま理解した。

喉を鳴らし、牙を見せつける。B級モンスターは、一帯の王者と言ってもいい存在だろう。そんな強者であるモンスターにとって、威嚇することはあれど威嚇されることは初めての経験である。

そんな王に対しあろうことか、小さな生き物がゆっくりと近づいてくる。馬鹿にするように笑みを浮かべながら。

地面にゆったりと横たわっていた王は、小さな生き物をみとめゆっくりと立ち上がる。

対するノルドは、剣に回転を加えながら上方に投げた。剣は、クルクルと回りながら宙を舞う。王はそれを不思議そうに見ている。王の意識は、剣とノルドだけに集中していた。

「!?」

王は違和感を覚えた。ノルドに注目していて反応が遅れたが、王はある事に気付く。王に仇なす不届き者が、他にもいるということに。

「とう！」

インベントは『反発移動《リジェクトムーブ》』で加速した勢いそのままに王に急接近し、斧が王の後肢を捉えた。勢いは十分。踏み込みも十二分。だが切断するには腕力や技量が足りない。

「グガアア!!」

それでも王を激昂させるには十分な攻撃だ。怒りの矛先は当然インベントへ向かう。

「斜対《しゃたい》連撃」

すかさずノルドが接近し、前肢、腹部、後肢と斬りつけていく。ターゲットがインベントからノルドへと戻る。王の爪撃——だがノルドは余裕をもってこれを躱す。

ノルドの真骨頂は攻撃ではなく回避にある。人間離れした圧倒的な速度と、研ぎ澄まされた動物的な勘でよほどの攻撃でなければ当たらない。

「今だッ!!」

ノルドが叫ぶ。

「——捕まえた」

背後から忍び寄っていたロゼ。ロゼの触手が王の左後肢に絡みついていた。王は何が起きたのか分からず、動揺するように頭を左右に振った。左後肢にがっちり絡みついたロゼの触手が、王の自由を奪っている。どうにか触手を外そうとしても、ノルドがしっかりと邪魔をする。王——もとい、オオカミ型モンスターからすれば、前後どちらも無視できない状況である。

「グ……グガアア！！！」

やけくそ気味にノルドを攻撃するが——

「うふふ、こっちですわ」

絶妙なタイミングでロゼが触手を引っ張った。モンスターの体勢は崩れ、無様に転ぶ。

「グウゥ……」

モンスターは怯んだように見える。勝機は目の前か？

（ま……ここからが大変なんだけどな）

ノルドは剣を構え、モンスターの眼球を狙う。

モンスターも必死に抵抗するが、切先は縫うように防御をすり抜け眼球へ。だが――

ガキンッ――！

「チッ」

計算通り攻撃が幽壁《かくへき》に阻まれる。ノルドは剣をさっと引いた。幽壁《かくへき》は命の危険を感じた際に現れる拒絶の盾であり、眼球への攻撃は幽壁《かくへき》をほぼ確実に発動させることができる。

（小型モンスターなら幽壁《かくへき》を一度発動させれば大抵幽力切れになるが、大型モンスターになると幽力が増えるからな。B級モンスター以上が相手だといかに幽力を削るかが鍵になる。そのせいで長引いたり、犠牲者が増えたりもするんだが……）

「ま。今日は問題ないな」

ロゼが捕縛しつつ、更にノルドが威嚇することによって、モンスターはその場に磔《はりつけ》状態となる。お膳立ては整った。ノルド隊にはスペシャルな手札がある。意識外から攻撃することで幽壁《かくへき》の発動を回避しつつ――モンスターの体毛や筋肉で覆われた天然の鎧をぶち抜く攻撃が。

ノルドは嗤《わら》い――剣を高らかに掲げた。

「やれい！　インベント！」

モンスターの真上、すでに空中にてスタンバイが完了しているインベント。右手に持った盾を真下に向け、何度も収納空間から反発力を得ることで可能な限り同じ場所に留まっていた。ノルドの合図を待ちつつも視線はモンスターのある箇所に集中していた。

インベントは待ってましたとばかりに合図で動き出す。狙いを定めたまま加速し落下していく。勢いそのままにモンスターとの距離が約五メートルの時点でゲートを開く。

モンスターの真上のゲートから発射される丸太。発射といっても収納空間の吐き出す力は微々たるものである。だが発射スピードに落下スピードを加えることで勢いよく飛び出す――現世《うつしょ》と幽世《かくりよ》の速さが合成された丸太。

「丸太ドライブ――参式！」

丸太がモンスターの首の付け根部分に直撃した。次の瞬間、凄まじい地響きが発生し、ノルドは身構え、ロゼは「きゃ」と声を漏らした。続いて巨大な瓶から水が流れ出すような奇妙な音が鳴り響く。

そんな奇妙な音の後、モンスターの口から空気、唾液、そして血液が吐き出された。あまりの衝撃に、モンスターは何が起こったのか理解できていない。だがモンスターに幸運が舞い込む。

目の前のノルドは剣を杖代わりにして隙だらけだ。更に、後肢に絡みついていた触手は解除され

ている。

千載一遇のチャンスと気力を振り絞り攻撃を仕掛けようとする。だが、どうしたことか、視線が上に移らない。

意識はハッキリしているのに、身体が言うことを聞かない。それもそのはず、インベントの放った丸太は、モンスターの首部分を貫き地面に垂直に突き刺さっている。まるで墓標のように。

当然、首の骨は粉砕骨折。気道は塞がれ呼吸もままならない。頭蓋はほぼ無傷だが、頭と胴体を繋ぐ首にこれだけ大きい丸太が貫通してしまえば、いくら耐久性の高いB級モンスターであろうと死は必然だった。

モンスターは最後まで明確な殺意を残したまま、威嚇しながら事切れた。

そして静寂。奇妙なぐらいの静寂。

強力なモンスターの周囲には通例、動物は勿論、ランクが低いモンスターもほとんどいない。それは、弱者が強者のテリトリーには近づかないためである。ロゼは、全ての森のざわめきが消えたかのように感じていた。

ふと、ロゼは自身の首筋を押さえた。首が氷を当てていたかのように冷えきっていることに気付き、苦笑する。

威力はけた違いながらも以前、自分も丸太攻撃を味わっている。もしもインベントのネジが今以上に壊れていたら、ロゼは死んでいたかもしれない。そう思うと、呼吸するのも忘れて、死骸を眺めていた。

（なんてこった……）

一方、ノルドは呆れていた。インベントには事前に「動きを止めるから、後は思い切りやれ」と伝えていた。そして指示通りインベントは思い切りやってのけた。思惑通り事が運んだ。ただし、威力は想定を大きく、極めて大きく上回っていた。

（B型の大型モンスターを一撃？　あり得ねえぞ。こんなことができるのは、恐らく『陽剣《ようけん》』ぐらいだろうが……。そういえばアイツはどこだ？）

呆気に取られていたノルドだが、インベントが見当たらない。見回すと、モンスターの死骸の後ろに立っている大きい広葉樹の根元近くに倒れているインベントを発見した。

「う～……い、痛い。痛いよ～」

インベントは右足を押さえている。ノルドの指示通り『思い切り』攻撃したインベントだったが、盛大に着地を失敗してしまったのだ。勢いを殺しきれず、足をくじきながら、盛大に転がり木の幹に激突したようだ。

「い、痛いー！　うわあ、これもしかして鼻血も出てる～!?」

複雑な表情で、自爆したインベントを見るノルドとロゼのふたりは、大きくため息をついた。

「締まらねえな」

「締まりませんわね」

書き下ろしエピソード

武器クラッシャーの後始末

「こんちわ～！」

快活な声が武器倉庫に響き渡る。森林警備隊お抱えの運び屋二人組がやってきたのだ。奥の方でサボっていたアイナは焦ることもなくゆっくりと立ち上がる。

「あ、どうもどうも」

「アイナさんお疲れ様でーす！　それじゃいつも通り置いていきますね」

「は～い、お願いします～。あ、小手の置き場はあっちになりました！　あっちです！」

アイナは愛嬌たっぷりに、そして正確に指示を出した。置き場所を間違われると一大事だからである。そう――後でアイナが作業をしなければならないのはたいそう面倒なため、一大事なのである。

「了解でーす！　おい、やってくれ」

「うす！」

運び屋ふたりのうち若手のひとりが馬車の荷台からせっせと武器や防具を運び込んでいく。寡黙だが働き者な彼を横目に、アイナはもうひとりの運び屋が手渡してきた納品書を受け取りサインした。

「ありがとうございまーす！」

元気いっぱいな感謝に対し、アイナは愛想笑いを返す。そして視線を、破損した武器が入っている樽へ向ける。運び屋の男も樽を見た。

「ウハハ、今日も大量ですね！」

「いやあ……なんかすんません」

「いいえいいえ！　ウチとしては仕事が増えてありがたいですよ！」

つい最近まで、駐屯地から修理屋まで武器を運んでくれる運び屋は、二十日に一度程度のペースでやってきていた。しかし現在では、一度で回収しきれないほどに破損した武器が増えたので、毎週のようにこの運び屋たちと会うようになった。原因はもちろん――

「ほーんと、武器を大事にしない新人一名のせいで……」

アイナはとても小さな声で「かったる」と呟く。

「フハ！　噂の武器クラッシャー君ですね！　しかし今日は特に多いな〜、馬車の荷台に全部入らないかもしれないですな」

「あ〜、まあ仕方ないですよね、ナハハ」

「それじゃ運び込みますね！」

「お願いしまーす」

運び屋はてきぱきと武器を荷台に積みこんでいく。しかし全てを積み込むことはできなかった。残ったのは剣や槍が二〇本ほど。

「う～ん、結構無理したんですけど……すんません！　残りは次回で！」

「はーい」

アイナとしては別に構わなかった。次回になろうがアイナの仕事が増えるわけではないからだ。しかしふと、事の原因である武器クラッシャーのことが脳裏によぎる。

（アイツ……手ぶらでニコニコやってきたかと思えば大量の壊れた武器を、修理に出す用の受付樽にぶち込んでいくんだよなあ。そんでもって大量の新しい物資を、ごっそり収納空間に入れて去っていく……）

運び屋の男は「それじゃあ」と言いながら納品書を収納空間に入れ、そのまま去っていこうとする。それを見てアイナは、ふと疑問に思い【器《ペオース》】について質問することにした。

「あの～」

「ん？　なんすか？」

「ちょ～っと気になってたんす。剣なんですけど、それ、収納空間に入れればどうかな～……って」

男はアイナの発言に少し眉を顰めるが、すぐに営業スマイルに戻った。そして――

「ナハハ！　そりゃ無理ですよ～。収納空間ってそんなにモノは入らないですからね」

「え？　あ～そうなんですか？」

「ええ、ええ。特に剣みたいな長いものは難しいですね。そりゃ一本や二本は入るかもしれないですけど……野菜や果物なんかの小さくて丸いものを運ぶのに、収納空間を使う運び屋がいるとは聞きますけどね！　大きいモノや長いモノは無理ですね。せいぜい納品書なんかの書類とペン、行き帰りの食料や水を入れているくらいですよ。ハハハ」

アイナはインベントのことを話そうかと思ったが思い留まり――

「な～んだ、収納空間ってもっと入るものだと思ってました～」

「ぜーんぜん！　重さを感じない大きい肩掛けバッグみたいなものですね！」

「そうですか～、変なこと聞いてすんません」

「いえいえ、それじゃあ私たちはこれで！」

「はーい、ありがとございました～」

去っていく運び屋。アイナは「かったる～」と言いながら倉庫の奥へと移動していく。そして入り口から見ると完全に死角になるサボりの定位置である樽の裏に腰を下ろす。

（おっかしいな。インベントの収納空間と運び屋の兄ちゃんの収納空間は明らかに別モンな気がするぞ？　インベントは剣の二〇本ぐらい、難なく収納してたしなあ。それにあんなにデケェ丸太まで入れて持ち運んでるわけで……）

アイナは自分が特注させられた丸太を思い出しながら、大きく伸びをした。

（考えられるのは、運び屋の兄ちゃんが収納空間に入れるのが面倒で嘘をついた説。たしかにインベントはぶつぶつ言って、な〜んか考えながらモノをしまってるしな。ぽいぽいと収納はできないのかもしれない。馬車の荷台に樽を乗せる方が面倒はないかもなぁ。それか、運び屋の兄ちゃんの収納空間が小さぃか。もしくは……インベントの収納空間がバカでかい、のか？）

三択まで絞り込んだアイナだが、そもそも収納空間に、サイズの大きい小さいがあるのだろうか？と考えながら、憂鬱な顔をして「どうでもいいや」と吐き捨てた。

ルーンに個人差があることをアイナはよく知っている。なにせ個人差によって苦悩してきたのが当のアイナだからである。

「ハア〜ア、かったる。どーせインベントがおかしいんだ。そうだ、インベントが全て悪いに決まってら。ぺっぺっぺ」

アイナの予想は半分当たっている。【器《ペオース》】のルーンを持つ者の中でインベントが群を抜いておかしいのだ。だが、アイナの予想は半分間違っている。収納空間のサイズに個体差はほとんどない。あらゆる【器《ペオース》】持ちが持つ収納空間は一辺二メートルの立方体であり、ほとんどサイズは変わらない。だが、運び屋の彼らのように、収納空間を「便利なカバン」くらいにしか思っていない者がほとんどで、収納空間が立方体の部屋であることも、二メートル四方だから最長三・五メートルの長物も収納できるとは、【器《ペオース》】持ちのほとんどが気付いていないだろう。インベントだけが、収納空間に関しての知識が図抜けていた。

「ふふんふんふふ～ん」

モンスター狩りを終え、手早く夕食を済ませた後、インベントはホクホク顔で、駐屯地で与えられた必要最低限の家具しかない簡素な自室に戻ってきた。そして、すっかり日課と化している収納空間の整理整頓を始める。

「とりあえず丸太以外全部出すか～」

収納空間から武器や防具を全て出していく。ナイフはナイフ、剣は剣、斧は斧。狭い部屋に几帳面に並べて置いていく。部屋いっぱいに並ぶ武器や防具を眺めてインベントは満足そうに笑みを浮かべた。

「だいぶ武器の整理も慣れてきたし、結構入るようになってきたな。さあて、まずは丸太か」

インベント特注の丸太。収納空間内で最も場所をとっているのが丸太であり、ゲートに入るように直径三〇センチメートルに加工してもらっている。長さは二メートル。インベントは収納空間の端に詰めるようにイメージをしながら、丸太を空間に収めていく。少しでも空間を節約するために。

インベント以外の【器】《ペオース》持ちは、そもそも端に詰めて収納するという概念が理解できない。なぜなら、収納空間のサイズが一辺二メートルの立方体の空間であることすら知らないからである。それゆえに活用できない空間――デッドスペースが大量発生してしまう。

それに、すでに収納空間になにかが入っている場所に、干渉するように他のモノを入れようとすれば弾き出されてしまう。結果、余裕をもって収納する人が多いのも事実だ。例えば運び屋の彼の場合、収納空間を四分割して考え、『食料』、『水』、『貴重品』、『護身用武器』だけしか入れていない。せっかくの収納空間を活かし切れていないのは間違いないが、あまり大量に入れてしまうと、なにをどこに入れたか忘れる可能性もでてくる。

それに対しインベントは事前に、どこになにを入れるべきかしっかりとシミュレーションしている。だからこそ空間を無駄にせず収納することができるし、収納ルールを決めているため瞬時に欲しいものを取り出すことができる。さらに、こうして日課の整理整頓はもちろん、暇さえあれば収納空間の整理を行っているため中に何が入っているか忘れることはない。

「丸太の本数増やしたいなあ～……。でもなあ十二本以上入れるとバランスがなあ～。いや～悩ますねえ。ふふふ」

インベントは一人っ子のせいか独り言が多い。特に収納空間の整理中は顕著。

「さあて。じゃあまずは重量武器の斧いきますか！　ふふ、斧はいいよねえ～破壊力が魅力の武器だし、木を切ることもできちゃう。ハンマーもいいなあ～、打撃攻撃武器の代表って感じ。俺もブンブン振り回せるようになりたい。槍もカッコいい。形状が色々あって見てて飽きないよね～。この十文字の槍とか必殺技を出せそうだよねえ。フフ、フフフ～」

見る見るうちに武器が収納空間に吸い込まれていく。基本的には大きなものから収納していき、小型武器などはそーっと他のものに干渉しないように入れていく。

非情に散らかっている部屋を足の踏み場もないと表現するが、インベントの収納空間はナイフの

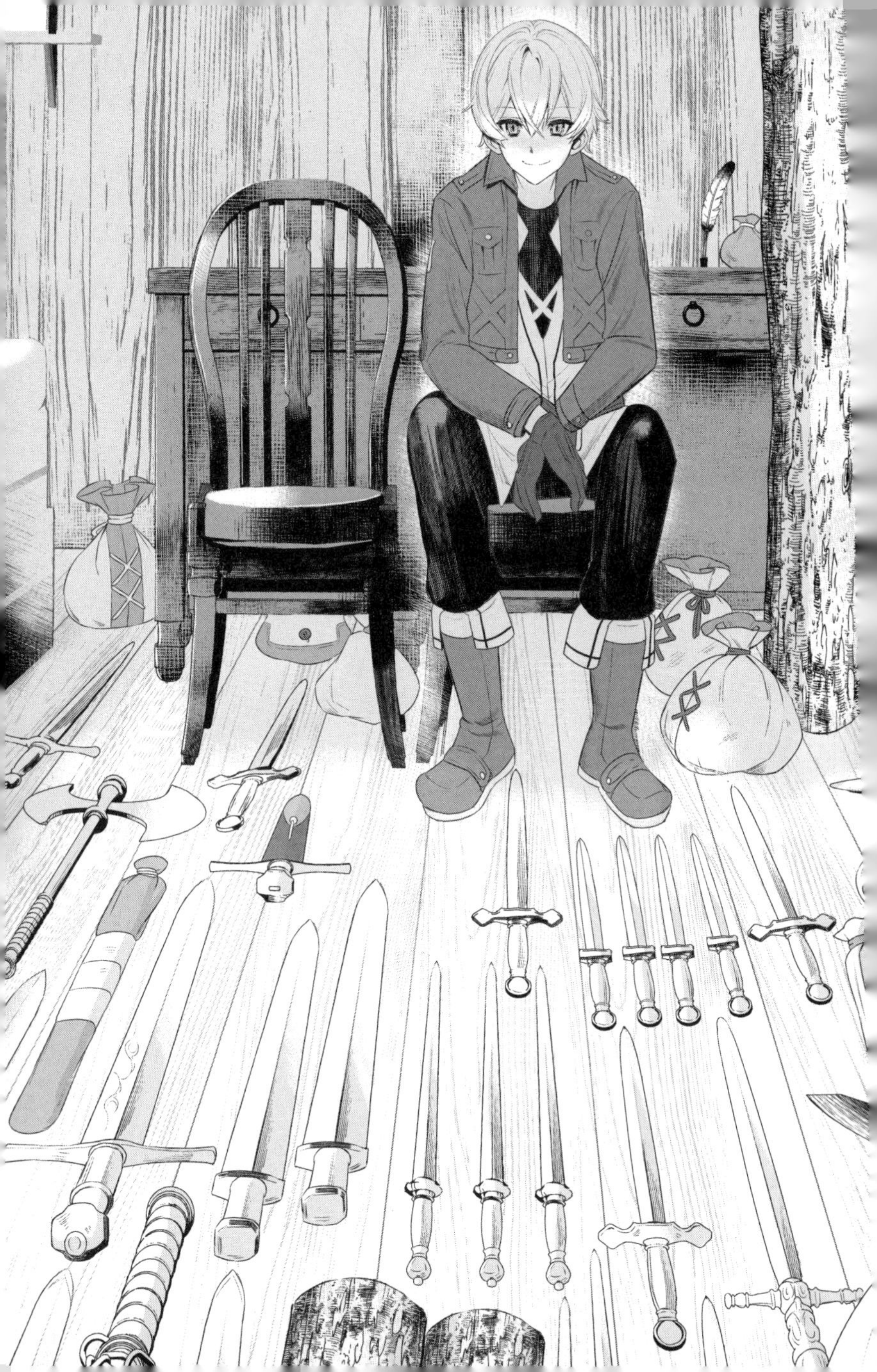

入れ場もないほど敷き詰まっている。結果、大半の武器や防具は全て収納空間の中に。残ったものを名残惜しそうに見つめる。

「全部入れてあげたいんだけどなあ……多少はスペースを空けておかないといけないんだ……。すまない、許せ」

一部の武器と決別しようとしたその時——

「いや待てよ。丸太スペースをもう少し工夫すれば……お、閃いたかも！」

再度収納空間をばらし、一からやり直すことにする。インベントの収納術を支えるのは収納空間に関しての知識と、異常なまでの執着心なのだ。

「フフフ、綺麗に収納していくと気持ちいいな〜。本当は『理想郷《イングワズ》』の武器みたいにとんでもない耐久力だったら楽なんだけど、まあ壊れる分は数で補うしかないよね〜。いや〜どれだけ武器を壊しても構わない森林警備隊って太っ腹だなあ〜」

こうしてインベントの収納空間には大量の武器が詰め込まれていく。大量のモンスターを狩るために。そして副産物として大量のクラッシュ武器を生み出すのだが、インベントにとっては些細な事である。

3章【ドラゴン討伐】

緊急事態

インベントはいつもより早く目覚めた。少し損をした気分なのは、もっと『理想郷《イングワズ》』の世界に浸っていたかったからである。さっと身支度を済ませいつもノルド隊が待ち合わせに使う広場までやってきた。集合時間までは一時間以上あるが、夢の内容を反芻しながら待つ。すると駐屯地全域に聞こえるほど大きな、金属を叩きつけたような甲高い音が何度も鳴り響く。

「なんだろ～？　警報かな？」

インベントはなにかしらの警報なのかと思いつつも、自分には関係ないだろうと無視することにした。そんなことよりも早くモンスター狩りに行きたい。そろそろ集合時間なので、収納空間をいじりながらふたりを待った。

「おい！　インベント！」

「あれ？　アイナ。あれ？　喋ってる？　ふふ、なんか珍しいね。どうしたの息切らして。大丈夫？」

いつもは倉庫でしか会うことのないアイナが血相を変えて駆け寄ってきた。それにいつもと違い、念話ではなく声をかけてきた。

「ハアハア。か、かったるい。オマエ……その恰好。出かけようとしてねえよな？」

「いや、出かけますけど」

「あ～ん、もう！　警報聞いてなかったのか！」

「いやだな～聞こえないわけないでしょ」

「だろうね！　って、聞こえててなに意気揚々と狩りの準備なんかしてんだよ！　今の警報は外出禁止の警報だぞ！」

「え？」

「え？　じゃねえの！　外に出ちゃダメなの！　ど～せ気にせずお出かけしちゃうと思って止めに来たんだよ！　このバカちん！」

「そ、そんな～」


アイレド駐屯地、会議室。

隊長職が全員呼び出されていた。その中にはノルドも含まれている。普段はサボり気味のノルドだが、今回は自主的に参加している。

「全員いるな」

駐屯地司令官であるエンボスが全員揃ったことを確認し立ち上がった。

「昨夜、デルタン隊から報告があった。隊長デルタン及び、ナイアドの二名が死亡とのことだ」

会議室がどよめく。

「死亡原因はモンスターからの攻撃。そして……対象のモンスターはトカゲ型」

数人が「トカゲ？」と呟き、周囲と顔を見合わせた。

「うむ。トカゲ型は普段目撃数は少ないがな。本来せいぜいがD級のモンスターだが。今回はB級以上、特B級レベルの巨体とのことだ。しかも、体表色が深紅で大変目立つ。あまり見たことがない色だ、もしかすれば南方のオセラシア地方からやってきたのかもしれん」

アイレドの町はイング王国の最南端に位置する。アイレドから大きく南下した先には、広大な荒野であるオセラシアと呼ばれる大地が広がっている。エンボスは更に話を続ける。

「巨大なトカゲ型なだけでも厄介。だが一番の問題は特殊個体、ということだろうな。青白い炎を吐いたらしい」

どよめきの極致。ただでさえ知見のほとんどない大型のトカゲ型モンスターが、さらに炎を吐くというのだ。皆一様に、驚きを隠しきれないようだった。そんな中、ノルドが疑問を口にする。

「エンボス」

「なんだ？　ノルド」

「その青白い炎は、燃えるのか？」

エンボスは首を振った。

「今からそれを説明しよう。結論から言うと燃えない。もしも燃えているのであれば今頃山火事でこの一帯も火の海だろうしな。燃えない炎、つまり【灯《カノ》】に酷似している」

【灯《カノ》】のルーン。燃えない青白い炎を灯すことができる力。炎といえど、エンボスの説明通り【灯《カノ》】の炎は実際に火力があるわけではない。そのため戦闘向きのルーンではなく、主に町の周囲を照らす目的で使われているし、実際【灯《カノ》】のルーン持ちの人間はそういった町の外灯施設保守の仕事や、警備職に就くことが多い。

「デルタン隊の三名が炎を喰らった。二名は即死だったようだが、隊の残りひとりは生き延びた。と言っても昏睡状態……アイツは【大盾《ソーン》】だったから助かっただけかもしれん。推測の域を出んが肉体を傷つけるのではなく、対象の幽力を奪う炎か……まあ確かめようがないがな。モンスターのランクについてだが、サイズだけでいえば特B級のところ、既に二名死亡している。そのためこれより当該モンスターを、A級としてあたることになる。心してくれ」

エンボスは情報を出し終え席についた。隊長たちから様々な質問が飛んでくる。混乱する会議室だが、いつの間にかノルドはその場からいなくなっていた。


「フウ……」

どうにか会議が終わり一息つくエンボス。

「お疲れだな」

「……ノルドか」

ノルドがいなくなっていたことには気づいていたし、嫌味の一つも言いたいところではあるがエンボスは飲み込んだ。

「珈琲でも飲むか、ノルド？」

「……そうだな」

通常ノルドは臭いの強い飲食物は一切摂らないことにしているが、エンボスと腰を据えて話をするため久しぶり珈琲をもらうことにする。ノルドは机を挟みエンボスの斜め前に座り、エンボスは部屋に残っていた部下に珈琲を持ってくるように依頼した。扉から退室する彼を横目で見つつ――

「エンボス、一ついいか」

「なんだ？」

部屋にはふたりしかいないのだが、ノルドは声を潜め小さく囁いた。

「今回のモンスターだが……本当にA級として処理する、でいいのか？」

「それは――」

「どういう意味だ？」と言おうとしたがエンボスは理解した。理解した上で首を振った。

「さすがにS級はありえん」

「そうか」

沈黙。エンボスは目頭を押さえながら、ふーっと息を吐く。

「言いたいことはわかる。巨大なトカゲといえど、大きさだけで言えば特B級といったところだ」

「そうだな」

「だが特殊能力の、あの青白い炎。直撃しただけで絶命した。そして、【大盾《ソーン》】持ちの隊員も瀕死。つまり――」

「防御不可」

ノルドの言葉を聞き、エンボスは大きく溜息を吐いた。タイミング悪く、エンボスの部下が珈琲を持って入室してきた。ノルドは沈黙し、エンボスは礼を言い部下を下がらせた。そして扉の閉まる音が部屋に響いた後、エンボスは咳払いをして話を再開した。

「話の続きだ。ディフェンダーが全く機能しない可能性がある。大物狩りの基本は、複数名のディフェンダーで攻撃を抑え込みアタッカーで削ることだが……」

「その方法が使えない」

モンスターは大きければ大きいほど討伐が困難になる。イング王国民は長い歴史の中で大型モンスターに対しての効果的な対処法を編み出していた。だが、今回のトカゲ型特殊個体に対してはこれまで培ってきた方法が使えそうにない。

「お前はS級モンスターだと言いたいのか？」

「……さあな」

重く深い沈黙が流れた。ノルドは久方ぶりの珈琲を飲み、顔をしかめた。

「エンボス。そのトカゲ、たおすならかなりの犠牲が出るぞ」

「そうだろうな」

「『宵蛇《よいばみ》』を呼ぶべきじゃないのか？」

「……それは」

「まあ、アレが都合よく来てくれるとは思えんがな」

ノルドは嗤った。

「ま、とりあえず、どんな奴だか見てきてやるよ」

「いつもすまんな」

ノルドは「珈琲の礼だ」と言い、部屋を後にした。

大物モンスターが発見された場合、ノルドには周囲の隊長職と異なる重大任務があてがわれている。それは単身、大物の動向を探りに視察に向かうこと。目的は情報収集、そして可能であれば町から遠ざかるように誘導する。【馬《エワズ》】によるモンスター探知能力と、圧倒的な機動力があればこその役割で、これはアイレド森林警備隊ではノルドにしかできない芸当である。このような任務があることは他隊長には秘匿されているため、真面目に会議に出席せず報告もしない気ままなノルドのことを良く思わない者も多いが、総隊長のバンカースや駐屯地司令官のエンボスは黙認している。それは替えの利かない貴重な人材であることの証明である。

（ま、さっさとオオトカゲを見に行くとするか。……あ）

森に向かうため、駐屯地から出ていこうとするノルドだが、とある隊の面々が集まっている様子が目に入り、足を止めた。緊急事態の際、隊長職にはやらなければならないことがある。長い間ノルドには関係ない話だったため、すっかり忘れていたのだ。

ノルドは『狂人《くるいど》』と呼ばれ、最近までは常に単独行動。しかし今は、ノルド以上にモンスターに憎悪の炎を燃やす変人と、プライドと向上心の塊のような女と行動するようになった。騒々しい日々にうんざりする時もある。それでもふたりはノルド隊の隊員である。

隊長規則八【緊急時、隊長は隊員に事態の説明および行動予定を示さねばならない】

(クソ……思い出さなきゃよかった。説明なんてめんどくせえ。忘れてたことに……)

そこまで考えて、ノルドは頭を振った。

(いや……ロゼはお利口さんだから規則のことも知ってるだろう。だが、インベントはどうだ？　あのバカ、知らずにひとりでモンスター狩りに行く可能性がある。大いにある。むしろ……もう出かけてたりしねえだろうな？　チッ、説明しに行くか)

足早に歩きだしたが数歩進んだところで、再度足を止めた。

(……俺が？　あのモンスター狩り中毒のインベントに？　説明？)

嫌な予感しかしないノルド、三九歳。どう説明すべきか考えをめぐらせていたが、考えがまとまる前にインベントとロゼに遭遇した。インベントが駐屯地内にいることに少々安堵する。

「隊長、こんなところにいたんですね。探しましたわ。今日の警報、結局なんだったたんです？」

ロゼの言葉に、ノルドは渋々特殊個体のトカゲ型モンスターにより隊全体の身動きがとれないなど現況を伝える。説明中、インベントは何度も「うおお！」と声をあげた。勿論、喜びの声である。

ノルドは普段から機嫌悪く線を刻んでいる眉間にさらに皺を寄せた。

「お前は……なんで喜んでるんだ？」

「だって、ドラゴンですよ!?　炎を吐くオオトカゲ！　紛れもなくドラゴンですよ!!　それも……真っ赤なドラゴン!!」

ノルドとロゼは溜息を吐いた。

「ドラゴンなんて架空の生き物じゃねぇ。オオトカゲだ、しかも凄まじく危険なA級の、な。こんな状況で喜んでいるのはお前ぐらいなもんだぞ、ったく」

「全くですね……」

インベントは浮かれながらしきりに「いいな～、見たいな～」と連呼している。

(やべえな)

ノルドは嫌な予感がしていた。予感というよりも確信に近い。

「ま、そんなわけでだな、ノルド隊は駐屯地で待機だ」

「わかりました」

「ええ～、ドラゴン見たいよ～」

「もう……インベント」とロゼが窘めるがインベントはグズった子供のようになっている。だが、急に無表情になり首を捻る。

「あれれ～？　おかしいな～」

インベントが見つめる先には、足早に駐屯地の外側に向かっている五人。武器を携帯している。

「……何がだ？」

「森に入っちゃいけないのは理解できますけど、どうしてノルド隊は待機なんですか～？　周辺警備はしないんですか～？」

駐屯地の周辺警備はつまらないが、待機するよりは周辺警備のほうがマシである。なぜならばモンスターに出会える可能性があるからだ。ノルドはどうにか誤魔化そうと思考をめぐらせたが、インベント相手に誤魔化し続けるのも無理だろうと悟り観念した。

「あんまり大っぴらには言えんが、俺は単独の任務がある。だからお前たちは駐屯地の中で大人しく待機してろってことだ」

「単独任務？　どんな任務ですか？」

「いや……その……」

説明するべきか、それともはぐらかすか。極秘任務とでも言えばはぐらかすこともできるが、隊長として隊員に説明するのが筋かもしれない。悩んだ結果――親子ほど年齢が離れた新人ふたりの視線に負け、ノルドはやむなく白状する。

「……なんだ。司令官からの命で、ちょっとばかしモンスターの動向を探りにな」

「俺も行きたい！」

ノルドはがっくりと肩を落とした。

(だ〜から説明なんてしたくなかったんだ……)

結局ノルドはインベントの同行を許した。

(まあ、コイツは飛べるしな。斥候としては適任と言えば適任だ。いざとなりゃ空飛んで逃げればいい)

ロゼはA級モンスターと対峙することに躊躇しているようだった。しかしインベントが参加することになり、このまま命令上同行させられるのではないかと不安そうな顔をしていた。そこで——

「ロゼは駐屯地で待機だ。ひとりで待機は寂しいか？」

「さ、寂しくなんてありません！」

「ハハ、ま、本来なら俺が単独でやる任務だからな。このインベント《バカ》と一緒にお留守番していてほしかったんだが、まあ仕方ねえ。なにかあったらよろしくな」

「え？　なにかってなんですか？」

「なにかっていったらなにかだよ。あ、隊長会議があったら俺の代わりに出てもいいぞ、ハハハ」

ユーモアを交え、ひとり待機するロゼをフォローしたノルド。しっかりと隊長職をやっていることに小恥ずかしさを覚えつつも、目の前の任務に集中する。

「おい、インベント」

「はい！」

「無駄に元気だな。まあいい。もう一度注意点を言う。俺の命令は絶対順守だ。無理なら今すぐ帰れ」

「大丈夫です！　了解です！」

（本当に大丈夫か……コイツ）

最終目撃地点へ向かうノルドとインベント。森の奥深く、危険区域にかなり踏み込んでいる。ノルドは大物の気配を感じ取っていた。

「……そろそろ近い」

「おお！」

「お前は空から目標が見えるか確認しろ。だが決して近づくんじゃねえぞ！　炎の射程がわかんねえんだからな！　あたったら即死だ。いいか、命令違反すれば除隊するからな」

「わっかりました！　近づきません！　行ってきます〜！」

早口にまくしたて意気揚々と飛び上がっていくインベント。ノルドはインベントを心配しつつも、モンスターの居場所を把握するため慎重に歩き始めた。野生の勘が危険だと示す方向へ進んでいく。

そして森林の隙間から非常に目立つ深紅が見えた。

全貌は見えないがモンスターに間違いなかった。情報収集のためにはもっと近づく必要があるのだが――

(こりゃあ……やべえな。これ以上……進むと危険な気がする……。まじかよ……)

野生の勘が『これ以上進んではいけない』と警鐘を鳴らしている。その距離――およそ一五〇メートル。まだまだ余裕があるように思える距離。

(チッ！　このまま帰れば『色は本当に赤かった』なんて報告しか出来ねえ！　もっと息を殺せ！　もっと自然に溶け込め！)

ノルドは警鐘を無視して一歩一歩進む。進むたびに丁寧に、自然へと紛れるようにジワジワと進んだ。モンスターまでの距離――およそ一〇〇メートル。断片的な情報を繋ぎ合わせ、モンスターの全貌を明らかにしていく。

(報告の通り、高さは無えな。ただ尾が長い。皮膚はそれなりに硬そうだが、剣は通るのか？)

そして視線は顔に移る。

(目を閉じてやがるな。寝てるのか？　そんでもって、青紫色の唇。あれが危険な火をふく口ってわけだ。……む？)

モンスターの瞳がゆっくりと開いた。どこまでも闇が続いているかのような無機質な瞳からは、視線がどこに向けられているのかわからない。ノルドは息を止め、モンスターの瞳を見る。

視線の先がどこだかわからないが、逆に言えば常に見られているようにも感じる。ノルドは瞬きも止め、石になりきる。

モンスターはとてもゆっくりと、動いているのか分からないほどのロースピードで顔を少しずつあげていく。次の瞬間、口が少しだけ開いた。細く尖った牙が見える。

（バレたのか？　バレてないのか？）

バレるはずがない。そう思いつつも野生の勘は警鐘を鳴らし続けている。だが、クルリと首が回り、青紫色の唇がノルドの真正面を向いた。

（――アウトだな！）

ノルドは両手両足全身を使い、超高速で地を駆けた。だが横目に青白い炎が見える。

（――フザけんな！）

青白い炎は樹々をすり抜けながら迫ってくる。ノルドはどうにか躱すが、樹々が遮蔽物にならないことを悟る。

ノルドはとにかく走った。逃げに徹すれば問題ないと想定していた。だがその想定が甘かったことを知る。

（おいおいおい！　正確過ぎるだろうが!!）

数秒のインターバルはあるものの、青白い炎は正確にノルド目掛けて飛んでくる。逆にノルドからは樹々に阻まれモンスターを目視することはできない。モンスターからも同じはずである。だが正確に炎は迫ってくる。何らかの方法でノルドの居場所を探知しているのだ。

（炎の射程範囲か、モンスターの探知範囲の外に出ないと死ぬ。だがアイレドの町方面に逃げるわけにもいかねえ！　クソ！）

必死に駆けまわるノルド。八度目の炎をなんとか回避した時、一定間隔で迫ってきた炎が止まった。

（逃げ切れたか？　いや、まだ油断はできねえ。射程範囲を出たのか？　それとも諦めたか？　油断させるためか？）

動きを止めず、状況把握に努めるノルドだが、目を見開いて驚く。

（炎が!?　空に向けて!?）

インベントはノルドの言いつけ通り、発見した赤い点がモンスターだと分かってからも、モンスターから二〇〇メートル以上離れて上空で待機していた。

（ん～、こんなに遠いとよく見えないよ。もう少し近づいても大丈夫じゃないかな？　おっと風が。今日は風が強いな～おっとっと～）

盾を真下に向け、何度も収納空間から反発力を得ることでぴょんぴょんとその場に留まろうとするのだが、偶然風に煽られてフラフラとしてしまうインベント。ドラゴン方面への風が強いのだから仕方がない。

（ドラゴン見たい見たい見たい見たい見た……ん!?）

インベントはノルドに向け放たれた炎を見た。青白い炎が森を突き抜けていく。

「うっはあああぁ！　これって、ファイアブレス!?　ファイアブレースだよね!?」

インベントは興奮しながら、ドラゴンの吐いた炎に名前を付けた。『理想郷《イングワズ》』でも、言語は理解できずともモンスターや狩人の繰り出す技に何かしら名前を付け叫んでいることくらいはわかっていたので、ドラゴンの青白い炎にも名前を付けた。余計に、想いが高まる。

（ファイアブレス使ったってことは隊長……見つかっちゃったのかな？　大丈夫かな？　まあ大丈夫だよね。ノルド隊長だし）

インベントはノルドの強さを完全に信用していた。いや……信用したほうが都合良かったのだ。

（もう少し近づいても大丈夫だよね～。うん、情報収集しないとだし！　これは任務だ、任務！）

深紅のドラゴン。もとい深紅のトカゲ型のモンスター。

ノルドが狙われてる隙に、空中からもう数メートルだけ近寄ってドラゴンの観察をする。

（いや～！　でかいね！　赤さが森の緑に映える！　ファイアブレスもかっこいい！）

モンスターを見ながらうっとりするインベント。うっとりしつつも、『理想郷《イングワズ》』で習った通り、まずは分析が大切だと、じっくりと観察する。

（しかし……凄いブレスだ。射程距離は一五〇メートルぐらい？　あ～、インターバルは……一……二……一〇秒程度か）

空中から見ることによってモンスターの炎の有効範囲や、威力、連続してどれ程撃てるのか、などをじっくりと観察し、研究する。とったデータをしっかりと頭に入れる。

（も、もうちょっと近くで見れれば、もう少し情報がとれそうだけど危険かな……それにしてもカッコイイなぁ、でゅふふ）

冷静と情熱の間で揺れ動くインベント。もう少しだけ、もう少しだけと前進。そして――

「あ……。ブレスのタイミングが変わった。違うな……対象が俺に変わったのか？　やっぱ～い」

いつの間にかトカゲ型モンスターは、斜め上方向、インベントが待機している上空目掛けて首を振り上げていた。青白い炎がインベントに迫る。だが、これを想定済みだったインベントに焦りはない。

（空中だと三六〇度逃げ場があるからねえ。地上と比べると、あんまり怖くないかも）

あえて自由落下することで炎を回避する。頭上を過ぎ去る炎を眺めつつ――

（……八……九……うん、インターバルはやっぱり一〇秒だね。タイミングを計れば避けるのは難しくないかな。もうちょっと見ていたいけど……ノルドさんに怒られちゃう。また来るね～、ふふ、ふふふ）

インベントは、モンスターのインターバル時間を何度か利用し、再度上空高く飛び上がり、さらに平行移動してその場から去ることにする。ある程度の情報は集められた。そろそろノルドと合流するのが良いだろう。

（……やばいかな）

インベントは空中からストンと飛び降り、ノルドと予め設定していた待ち合わせ場所に歩いて向かった。

(しまったな～、調子にのって近づき過ぎちゃったけど。あれ、命令違反……かな？　怒られちゃうかな～？　除隊されたら、もうモンスターに会えないし、まずいよな～もし怒ってたらなんとか許してもらえるように謝らないと)

心の中で頭を抱えるインベントは、すでに待ち合わせ場所に戻っていたノルドを発見する。

「あ、隊長」

「戻った……か、インベント」

ノルドの顔色を伺うインベント。

(怒ってはなさそう。だけどなんで沈黙？　やだ、怖い)

何を言われるのだろうと内心冷や冷やしていたインベントだったが、ノルドは頬をぽりぽり掻き「助かった」と呟いた。予想外の一言にインベントは固まる。色々と察したノルドは溜息を一つ。

「どうゆうわけか知らねえが、な～ぜか炎の狙いがお前に移ったからな。いや～助かった助かった」

「――――あ、あ、ああ～！　そ、そうですか！　そりゃ良かった～！」

ノルドを助ける気などまるでなかったが、ファイアブレスが自分に襲い掛かるあのタイミングで、ノルドが逃げる隙を作ることができたのだろう。好都合な展開に安堵した。

「まあいい。とにかく駐屯地に戻るぞ。エンボスに急ぎ報告しないとならん」

「はい」

モンスターが追ってこないうちにと、ふたりはその場をすみやかに離れ、駐屯地まで駆けた。

翌日——

昨日の段階でエンボスにはモンスターに対する調査報告は済んでいたが、再度同じ報告をするようにとエンボスから命令が下った。トカゲ型モンスターの報告を受けていた総隊長のバンカースは、他の仕事を大急ぎで片づけて、駐屯地にやってきたからである。

「入るぞ」

ノルドはぶっきらぼうにドアをノックし、返答を待たず会議室に入った。

中にはアイレド森林警備隊総隊長のバンカース、そして総隊長補佐であるメイヤース、駐屯地司令官のエンボスの三名が、横に長いロの字にしたテーブルを囲むように座っていた。司令官のエンボスは直属の上司にあたるバンカースを前に、少しかしこまった様子だった。

ノルドはスタスタと歩を進め、自分も椅子に座る。同じくインベントも入室し、彼にならい着席した。

「ちょ、ちょっと待てい。なんでインベントまで入ってくるんだよ？」

場違いな新人の登場にバンカースは困惑する。

「はい？」

インベントは首を傾げる。別に来たくもないが、呼ばれたから来たのにその言われようはないだろう。

「おい、エンボス」

「む、そういえば、総隊長には説明するのを忘れてましたな」

ノルドは「言っておけよ」と不満を露わにした。エンボスは「すまんすまん」と応えた。

「インベントは私が参加するように指示しました」

「は!?　なんで!?」

「モンスターの状況を一番知っているのが彼だからです」

「へ？　いや……どゆこと？」

ノルドがあからさまに溜息を吐いた。

「おい、バンカース」

呼び捨てにしたノルドをきつく睨むメイヤース。メイヤースは真面目な性格の女性で、後方支援部隊で辣腕を振るってきた彼女をバンカースが指名して補佐役に抜擢した。前線部隊で隊長を務めてきたバンカースは武力やリーダーシップは申し分ないが少し抜けているところもあり、メイヤースが細かくフォローしている。

「あ～っと、バンカース総隊長殿」

「なんだよ、ノルドさん」

「さっさと状況報告していいか？　二度も報告させられるこっちの身にもなれ」

バンカースはインベントをちらちらと見ながら、頷いた。それを見て、ノルドが報告をはじめる。

「ま、聞いてると思うが、今回のモンスターはトカゲ型だ。かなり遠くから見ただけだが、平常時でも俺の身長ぐらいの高さはある。全長六メートルってところだ」

「尻尾が長かったし、もうひと回り大きいんじゃないですか？」

「あ～そうか。だったら、七から八メートルってとこだな」

サラっと注釈を加えるインベントを見て、バンカースとメイヤースは眉間にしわを寄せた。くしくも、ふたりとも同じことを考えた。

（なんで……インベントがそんなことを知っている？）

と。ノルドの話は続く。

「色は赤っぽく、深紅色だな。非常に目立つ色だ。一目見れば判る。とまあここまではエンボスが話しているだろうな。一番大事なのはやはり、炎に関してだ」

バンカースは頷いた。

「炎の詳細を話す前に、一つ嫌な話をする。あのトカゲさん……恐らく探知能力がある。一〇〇メートルまで近づいた段階で完全に位置がバレていた。視界に入っていないのに、だ」

会議室が、一気に重い雰囲気に包まれる。

「そんでもって青白い炎だ。炎に直撃したと思われる鳥が無傷のまま死んでるのを確認。逆に樹々には全く影響なし。植物が燃えないことを考えると、恐らく幽力を奪い、動物だけを殺す炎だろうな。遮蔽物も無視して膨大な量の炎を吐いてくるから回避するのも難しい。ああ【大盾《ソーン》】持ちなら防げるかもしれねえが。試してみるか？」

バンカースは下唇を噛み「んなこと」と呟く。

「ハハ、死ぬかもしれねえが盾になれなんて命令できねえよな。ちなみに炎の射程は一五〇メートル。探知圏内に入れば死と隣り合わせってわけだな」

「打つ手が無えじゃねえか！」

そう言ったバンカースは、顔を手で覆いため息をつく。

「ハア。エンボスにも言ったが、さっさと『宵蛇《よいばみ》』を呼んだほうがいい」

インベントは「ヨイバミ？」と呟いた。インベント以外は宵蛇《よいばみ》が何かを知っているのだ。新人であるインベントが知らぬのも無理はない、とノルドが簡単に解説する。

『宵蛇《よいばみ》』ってのは、どこの警備隊にも属していないイング王国直轄の最強戦闘集団だ。森林警備隊が太刀打ちできないようなレベルのモンスターが登場すると、協力を要請できる。今から連絡すれば間に合うかもしれん……」

バンカースは唇を噛んだ。

「『宵蛇《よいばみ》』にはとにかく協力要請してみることにする。とはいえ、来ないことを想定し対処しなけりゃならねえ。ちなみに……ノルドさんでも誘導はできないのか？」

「恐らく厳しいな。探知範囲が広過ぎる。それに思惑通り動いてくれる感じのモンスターじゃねえよ」

　バンカースは目をぎゅっと閉じた後、天を仰ぐ。

「あ～自然消滅してくれねえかな」

「フン、弱気だな」

「ハア～、炎が防御不可って時点で接近するだけで一苦労だ。機動力のあるメンツを揃えて、全方位から接近？　犠牲者の数を想定できねえよ……」

　作戦が決まらず、頭を悩ませるバンカース。そんなバンカースを不思議そうな顔で見ているのがインベントだった。

「あのお」

「……なんだ、インベント」

「あの炎ってそんなに怖いんですか？」

「ア？」

「確かに飛距離は凄かったけど、それほどスピードはなかったし……それに、炎を吐く前には溜めというか、インターバルもありますし……」

　バンカースは、新人風情の能天気な発言に苛立ち、怒鳴り声をあげた。

「チッ！　何を言ってやがる！　ノルドさんでも避けるのがきつい炎、それも一撃で致命傷だ！　怖くないわけねえだろうが！　バカ！　そもそもなんでインベントがここにいるんだ！　場違いにもほどがある！　部屋で待機してろ！」

「待て、バンカース」

またもや上官を呼び捨てした発言に、メイヤースの額に皺が寄るが、無視をして続ける。

「なんすか、ノルドさん！」

「あの炎は厄介だが、見通しの良い場所で戦うなら俺ひとりでも囮役になれる」

「は？　ハハハ！　なに言ってんすか!?　だったら見通しの良い場所で戦いますか？　そんな場所、森だらけのイング王国全土どこを探してもありゃしませんよ！　それともなにか？　オセラシアのほうまで連れてくってのか？」

南方のオセラシア地方は荒野が広がっている――と言われている。しかし遥か遠くであること以外知られていない場所であり、行けるはずがないことはバンカースもわかっており、自嘲気味に笑った。

「その通りだ、バンカース。遮蔽物がない場所なんてイング王国にはない」

「だったら意味ねえじゃないですか！」

ノルドは嗤った。怒鳴るバンカースを横目に、ノルドはあるアイデアを閃いていた。立ち上がり、インベントの両肩に手をかけた。

「だが……コイツなら見通しの良い場所で戦える」

ノルドは堂々と答えた。それに対し、バンカースは余計にキレて声をあげた。

「何を馬鹿なことを！　そのガキが一〇〇メートル先を探知できるってんですか!?」

「できねえよ」

「だったら無理でしょうが！」

感情のままにキレる大人を久しぶりに見たインベントは、かなり引いた冷たい視線でバンカースとノルドを見守る。メイヤースとエンボスは押し黙っている。

「今から証明してやるよ」

「は!?」

「お前が考えるより、コイツはすげえんだぜ？」

ノルドは宣言通りインベントの強さを確かめさせるべく、駐屯地の広場に向かった。インベントが空中を飛べることを難なく証明する。

「馬鹿な。アイツが……空飛ぶ『星天狗《ほしてんぐ》』の再来だってのか」

バンカースはボソっと小さくつぶやいた。かろうじてそれを聞き取れたノルドが答える。

「どうだろうな。とにかく、空には遮蔽物が無ぇ。囮役にはピッタリだろう」

ノルドはニヤリと笑った。

「――よし！」

気付けば、バンカースの顔から迷いは消えていた。

「メイヤース！」

「はっ！」

「大物狩りのメンバーは全て招集！　追加で、速さに自信があるやつも優先的に招集しろ！」

「承知しました」

「よし！　そんでもってエンボス司令官！」

「はい」

「駐屯地は継続して警戒態勢！　ただし絶対に隊員を南部に近づかせるな！　今回のトカゲの大型モンスターは、索敵範囲が広い以上、間違っても刺激して駐屯地や町に近寄らせたくねえ」

「わかりました」

バンカースは一度見上げ、ゆっくりと頭を元の位置に戻し、ノルドを見つめた。

「そんでもって、ノルドさん」

「おう」

「ノルドさんはモンスターの動向を把握しておいてください。危険が及ばない範囲で構いません。後はインベントに作戦をしっかり叩き込んでやってください」

「心得た」

「インベントを一番うまく扱えるのはノルドさんでしょうし」

ノルドは「任せろ」と言おうとしたものの口籠る。

（扱える……だろうか？　アイツ、日に日に暴走しやすくなってる気がするんだが……）

大物モンスターに対しては、駐屯地全体で情報共有がしやすいよう名前を付けるのが伝統となっており、今回のトカゲ大型モンスターは『紅蓮蜥蜴《ファイアドレーク》』と名付けられた。その後『紅蓮蜥蜴《ファイアドレーク》』は駐屯地方面にゆっくりと進行しており、討伐は避けられない状況であることは分かっていたが、進行がかなりスローペースなのもあり、戦闘員の士気も十分高まっていた。バンカースが陣頭指揮を執り、大物狩りに向け着々と準備が進んでいく。時間の猶予があったため万全の状態で、決戦の朝を迎えることができた。

日が上る前に作戦は始まった。大物狩りメンバーに選ばれた精鋭四〇名は四名ずつ一〇部隊に分けられ、『紅蓮蜥蜴《ファイアドレーク》』をぐるっと包囲するように陣形を敷く。炎の射程範囲に入らないよう、まずはかなり後方、モンスターから離れた位置に円形に配置された。

彼らは待つ。囮役であるインベントが動き出すまで。

作戦はこうだ。インベントが囮となり炎の狙いを自身に引き付ける。その隙に精鋭部隊が速やかに『紅蓮蜥蜴《ファイアドレーク》』に接近する。囮役を置くのはシンプルだが伝統的なやり方である。もちろん空飛ぶ囮役などアイレド森林警備隊史上初めてのことだが。

囮役を務めるインベントは『紅蓮蜥蜴《ファイアドレーク》』を挟んで精鋭部隊とは真逆の位置、大きく離れた小高い場所にいた。否。インベント専用野営地に滞在していた。

インベント専用野営地。それは決戦の前々日に設置された小さな野営地のこと。インベント専用のテントが張られ、中にはベッドも用意されている。

本来、モンスターがいるような森での野営は自殺行為だが、今回は周辺警戒要員として貴重な【人《マン》】のルーンを持つ隊員がふたり。さらにノルドまでいるため夜も安心して眠ることができた。野営地周辺警戒のために一〇名の隊員も配備されており、その中にはロゼもいる。囮として命がけの任務に就く新人インベントは、バンカース総隊長の指示でまさにＶＩＰ待遇を受けていた。そして

――


「ほ～らインベント君、お茶ですよ～」

「うん……ありがとう」

お世話係として、数少ないインベントの仲良しアイナ・プリッツがいる。アイナとしてはかったるいことこの上ない展開なのだが、今はアイレド駐屯地あげての総力戦の真っ最中。周囲の目もありサボれずにいた。それに、最前線に行かされるよりずっといい。

（なんか……調子狂っちゃうな～。あ～あ、はやく出発したい）

「おい、インベント。そろそろ例の服に着替えろ」

着替えを促すノルドだが、インベントはあからさまに嫌な顔をする。アイナが「ほら手伝ってやるよ」と背中を押すと、渋々着替え始める。

「シシ、こりゃまたすっげえ派手派手だな」

「……これ、本当に着なきゃダメなのかな」

「まぁ、そう言うなって。似合ってるぜ、囮役くん」

インベントは真赤な服に袖を通していた。目が痛くなるほど鮮やかな赤。小馬鹿にしたようなアイナの発言に、さらにニヤニヤと笑うノルドの表情を見て、インベントは心底うんざりしていた。

「色も酷く下品だけど、匂いも酷く臭いね。ゲホッゲホ」

「香草で焚き染めたジャケットだからな。ま、『紅蓮蜥蜴《ファイアドレーク》』が色や匂いに反応するかわからんが、やって損はねえだろう。ハハハ、中々似合ってるじゃねえか」

「シシシ、ほんとほんと」

インベントは「そうかな～？」と首を傾げる。いつもならば極力目立たない格好を心掛けているが今回は真逆。囮役であるため、いかに目立つかが重要なのだ。

インベントは、着慣れない派手な衣装に戸惑いつつも高揚していた。なにせ『理想郷《イングワズ》』の狩人が着ている服や装備はカラフルで派手だったからだ。この派手な真っ赤な戦闘服が自分に似合うとは到底思えないが、派手な衣装に身を包む『理想郷《イングワズ》』の狩人たちの一員になれたようで嬉しくもあった。

「さて、インベント」

「なんですか？」

「準備完了次第、作戦開始だがどうだ？」

「ああ、いつでも大丈夫ですよ」

あっけらかんとしているインベントに、ノルドは「そうか」と返す。

（まるで緊張していないな。こいつらしいっちゃらしいが）

インベント専用野営地から狼煙があがる。本部側からも狼煙が上がれば、作戦決行である。僅かな待ち時間。ロゼがインベントに声をかける。

「がんばってね、インベント」

「うん、そうだね」

ロゼは激励の笑みを浮かべる。だが心中穏やかではなかった。

ロゼは誰よりもインベントの実力を認めている。大物狩りに加わることも納得している。だがそれでも、悔しいのだ。同期に先を越されたことが。それが嫉妬以外の何物でもないことをロゼは理解していた。

ほどなくして本部からの狼煙が見えた。インベントは待ちに待ったとばかりに飛び立っていく。丘から勢いよく飛び降りていくインベントを見て、周囲を見張っていた隊員たちがどよめいたのが分かった。新人一人に何故このようなＶＩＰ待遇がとられているのかと不満を持っていた隊員も、落ちれば即死の丘から躊躇いなく飛ぶ姿を見て、実力に納得しているようだ。そんなインベントをノルドは険しい顔で見つめていた。

（落ち着いていやがったな。緊張してヘマすることはなさそうだ。囮役は問題なくこなすだろうな。囮役……は）

「ハア……」

（役目が終わったらさっさとこの場所に帰る。それで終わり。なんだが……ちゃんと戻ってくるのか？）

まるで我が子を初めてのお使いに送り出したかのような気分のノルドだが、インベントのことは一旦忘れて集中する。ノルドはノルドで重要な役割を担っているからだ。

アイナは自身の肩を叩きながら、遠ざかっていくインベントを眺めていた。

（いや〜ホントに飛んでるよ、すっげえすげえ。あ〜……やっと終わった。かったる〜。しっかしまあ、新人がいきなりの大抜擢じゃねえか。こりゃ、有名人になっちまうな〜）

遠ざかるインベントと太陽が重なり、アイナは目を背けた。

（アタシみたいなポンコツと違って、そのまま真っすぐ進めよ〜。『紅蓮蜥蜴《ファイアドレーク》』狩りが終われば、隊長とかになっちまうのかね〜？　シシシ、手が届かないところに行っちまうな。なんちゃって）

上空に舞い上がったインベントは冷静にノルドの言葉を思い出していた。

『アイツの索敵範囲は一〇〇メートル以上だと思え』

ノルドのアドバイスを参考に、警戒しつつも前進するインベント。

（ま、あれだけ目立つ色だし、見落とすことはないだろうけどさ）

ほどなくして森の緑の絨毯の中にひと際目立つ赤い点を見つけた。まだ探知範囲外なのか微動だにしていない。インベントは空を駆けた。雲一つない空。青いキャンバスに深紅のインベントが駆ける。

対する『紅蓮蜥蜴《ファイアドレーク》』はすぐにインベントの存在に気付いていた。なにせ空から来る奴は二度目。すぐに同じ敵だと気が付いていた。

紅蓮蜥蜴《ファイアドレーク》は重たそうに頭をもたげる。口腔内が青白く光り、インベント目掛けて正確に炎が放たれる。当たれば一撃でお陀仏だが、インベントからすれば怖くない。回避は容易だからである。

(このファイアブレス、狙いが正確過ぎるんだよね。インターバルも正確だしさ。う〜ん、空中で静止でもしない限り、向こうの攻撃は当たらないねえ)

インベントは戦闘をもっと楽しもうと、あえて同じ位置に留まってみたりもしたが、予測したタイミングで正確にやってくる炎を難なく回避することができた。

(もうちょっと近づいても問題ないか)

両者の距離が縮まれば、それだけ炎の到達時間は短くなる。それでもインベントは避けられる自信があった。

(うふふふ……楽しいなあ。もっと近くで、しっかり見てあげないと)

一方その頃――。
上空に乱射される炎を見て、大物狩りの面々は息を飲む。歴戦の猛者である彼らであっても、恐怖を感じずにはいられない。だが新人が勇敢にも囮役を引き受けている状況で尻込みするわけにはいかなかった。一〇部隊に分けられた大物狩りメンバーは素早く、静かに『紅蓮蜥蜴《ファイアドレーク》』に向けて進行する。

『紅蓮蜥蜴《ファイアドレーク》』は大物狩りメンバーの接近に気付いていた。だが、当たれば即死という青白い炎を回避しながら着実に接近してくる深紅の〝点〟に苛立ち、ますます炎を発射し続ける。

インベントと『紅蓮蜥蜴《ファイアドレーク》』の距離は五〇メートルを切っていた。ここまでくれば、『紅蓮蜥蜴《ファイアドレーク》』の怒りを十分煽れているし、囮役として、期待以上に貢献していることは間違いない。それでもまだ、インベントは距離を詰める。両手を広げ、更に挑発的に。

(怒りで行動パターンが変わったりしないのかな～？　ほら？　撃ってこいよ。ほら、ほら、ほら、ほら、ほら！)

モンスターは瀕死に追い込まれた場合など様々な条件によって、行動パターンが突然変わることがままある――これは『理想郷《イングワズ》』での話なのだが、インベントは高揚し夢と現実がごっちゃになっている。

炎の回避を難なくこなしているインベントは、追い込まれた『紅蓮蜥蜴《ファイアドレーク》』が新しい攻撃を仕掛けるかもしれないと期待しさらに挑発を続けている。今のインベントの気分としては、新しい攻撃を避けることができるかどうかの懸念が一割、期待九割といったところで、目の前で新しい攻撃を見てみたい欲が勝っている。

「む!?」

挑発行為の結果、『紅蓮蜥蜴《ファイアドレーク》』は怒りを露わにして三度大地を叩いた。これまでにない挙動に一瞬驚いたが、炎の発射間隔が心なしか短くなった程度の変化のようだ。

「なんだよ、それだけかよ」

インベントはひどくがっかりしていた。

(炎の色が変わるとかさ、光線みたいになるとかさ。そういうの期待してたのにさ。あ〜あ、もう時間切れだよ)

「よくやった！　インベントォ！」

バンカースの大太刀が『紅蓮蜥蜴《ファイアドレーク》』の前肢を斬った。『紅蓮蜥蜴《ファイアドレーク》』は驚き、炎のターゲットをバンカースに変更する。バンカースが炎を回避するために駆けだした。簡単に炎を回避することに成功する。炎は狙いを定めてから微調整することができないようだ。近づいてしまえば炎も脅威ではないことを知り、バンカースは「続けぇ！」と檄を飛ばす。四方八方から大物狩りの精鋭メンバーが襲い掛かる。

『紅蓮蜥蜴《ファイアドレーク》』は精度の高い探知能力を有しているため、死角から近づこうとしても反応されてしまう。しかし多勢に無勢。ちくちくとモンスターの体力と幽力が削られていく。一撃必殺の炎に頼ろうとしても、遠距離から眼球付近に矢を射られてしまった。この矢が邪魔で、中々狙いを定めることができない。そもそも炎は森林を無視して長距離から放たれるからこそ脅威だったのであり、近寄ってしまえばそこまで怖くないことがわかった。

現状一番厄介なのは炎ではなく、長い尾を使った攻撃だ。後部から攻撃しようとした隊員が、振り回された尾に命中し戦闘不能になった。

「尾に注意しろよ！　側面だ！　側面から狙え！」

尾の攻撃は精度が高く予想以上に脅威だが、想定範囲内。炎と尾を警戒しつつ、じわじわと攻め立てる。まだ脱落者は二名。死者はいない。非常に順調。このまま継続すれば勝てる。

もしかすれば死者ゼロで勝てるかもしれないと、そう思い始めていた。

『紅蓮蜥蜴《ファイアドレーク》』に刻まれる無数の傷。だが予想外だったのは『紅蓮蜥蜴《ファイアドレーク》』の回復力だ。出血した傷口が、まるで生き物のようにうごめき再生していく。インベントを追って現地に到着していたノルドは、間近で『紅蓮蜥蜴《ファイアドレーク》』を観察していた。

今回ノルドは討伐に参加しないことになっている。もしも撤退を余儀なくされた際、ノルドが囮となりアイレドの町とは逆側へ誘導する役割があるからである。

(炎だけでなく回復力もかよ。厄介だなバンカース。だがあの回復力は恐らく幽力を消費している)

ノルド同様、バンカースも気付いている。だからこそ発破をかける。

「攻撃し続けろー！　幽力が切れたら俺たちの勝ちだ！　攻めろ！　攻め続けろ！」

鼓舞された隊員たちは攻撃を続ける。どれだけやってもケロっとしているかのように見える『紅蓮蜥蜴《ファイアドレーク》』。だが、心なしか動きが鈍くなった。読みにくい表情だが、疲労の色が濃くなった。勝機は目の前だ。

「行けええ！」

バンカースが先陣をきり、波状攻撃をしかける。このまま攻撃を続けた先に勝利が待っている。誰もがそう思っていた。ひとりを除いては。

『紅蓮蜥蜴《ファイアドレーク》』は再度炎を吐き出すモーションに入る。だが何度も見たお陰で、炎攻撃は脅威ではなくなっていた。射線上にさえ入らなければ安全だと理解していた。だが――

(む!?　これまでと動きが違う!?)

そう気づいたのは、役目を終えたからといって帰還するはずのないインベントだけだった。少し離れた木の上の特等席でじっと観察を続けていたからこそ、挙動の変化に気付くことができた。

『紅蓮蜥蜴《ファイアドレーク》』は炎を吐く際に、口を少し上げて息を吸うような仕草を挟む。だが今回は口を上げず、背中を膨らませるような動きをとった。直後――

「うぎゃあ！」「あがあ！」

隊員の二名が炎を喰らい『紅蓮蜥蜴《ファイアドレーク》』の近くで倒れた。『紅蓮蜥蜴《ファイアドレーク》』はこれまでの恨みをこめ、隊員を足で踏みつぶした。隊員は、トマトのように弾けて絶命した。

(な、なにが起きた？)

バンカースをはじめ隊員達は何が起こったのかわからず混乱している。ここに来て初めて死者をだしたことが動揺に拍車をかけた。正確に事態を把握しているのはインベントだけだが、それをバンカースや他隊員に伝える手段はなかった。

「バンカース！」

「え？　あ」

ノルドがバンカースに向かって吠える。観察に徹してしていたインベントほどではないが、攻撃に参加していなかったためモンスターの攻撃モーションが見えたのである。

「あの野郎、炎を真下に吐きやがった！」

「ま、真下？」

「それで爆発した炎に巻き込まれて二人がやられた‼」

『紅蓮蜥蜴《ファイアドレーク》』は、炎を真っすぐ放ってもちょこまかと動く隊員たちには当たらないので、苦し紛れに地面に向けて炎を放った。その結果、行き場をなくした炎が『紅蓮蜥蜴《ファイアドレーク》』の周囲に拡がった。距離を捨てた分、近距離範囲に有効な攻撃となり、結果二名の隊員が巻き込まれたのだ。

（ぐ……ど、どうするべきだ⁉）

不用意に近づくことができなくなってしまい、バンカースは迷う。だが『紅蓮蜥蜴《ファイアドレーク》』は待ってくれない。

「ぐあああ！」

これまで通りの遠距離用の炎で一名がやられた。立ち止まれば格好の的なのだ。

「バンカース‼」

「ハッ⁉」

「敵は待ってくれねえぞ！　俺が時間を稼ぐ！　どうするか考えろ！」

ノルドが飛び出した。この場にいる誰よりも速い男が『紅蓮蜥蜴《ファイアドレーク》』の顔面を斬りつけた。対する『紅蓮蜥蜴《ファイアドレーク》』は近距離用の炎を放つ。

「クッ！」

迫る炎をノルドはギリギリで躱す。ノルドの速さをもってしても回避は容易ではない。それでも再度急接近し、『紅蓮蜥蜴《ファイアドレーク》』の眼球を突くが幽壁《かくへき》に弾かれる。それでもノルドは出来る限りファイアドレークに近づき連続した攻撃を繰り出していた。それは『紅蓮蜥蜴《ファイアドレーク》』が放つ炎を近距離用に限定させ、遠距離から援護する隊員が炎のターゲットにならないように。まるで炎と踊るように戦うノルド。獅子奮迅の戦い。だが、バンカースは未だに指示を出せないでいる。

（ノルドさんが速すぎる！　連携するのは無理だ。だからといって有効な策が思いつかない！　どうすりゃいい!?　撤退か!?　ここまできて!?）

一方、ノルドは淡々と攻撃と回避を繰り返す。回数をこなすたびにタイミングは掴んでいくが、危険な状況に変わりはない。だがなぜか、ノルドは笑みを浮かべる。余裕などないし、開き直ったわけでもない。

（本当に一〇秒だな）

ノルドは炎攻撃のインターバルが一〇秒であることに感心していた。

（攻撃間隔が一〇秒だなんて普通気付かねえよ。バンカースも信じてなかったしな。ま、信じられ

ねえのも無理はないか）

ノルドがここまで接近戦を継続できるのは、インターバルが一〇秒であるという確定情報の存在が大きい。インベントがその報告をした際は、誰もが信じられないといわんばかりの顔をしていた。無理もない。これだけ驚異的な敵を前にして、冷静に秒数をカウントするような余裕がある新人がいるわけがないからだ。ノルドは、インターバルの存在を初見で見抜いたインベントに感心していた。

（囮が終わったら帰れって指示だが、どうせ近くにいるんだろ？　また、観察してんだろ？）

ノルドの予想通り、インベントはずっと観察していた。本当は狩りに加わりたくてウズウズしていたのだが、帰還指示が出ていたのでこっそり目立たぬよう観察を続けていた。インベントは木の上から移動し上空――『紅蓮蜥蜴《ファイアドレーク》』の直上にいた。

（上からのほうがよくわかる。近距離も遠距離もインターバルは変わらず一〇秒だねえ。モーションはやや背中が膨らむことと、口だな。放つ前に口を閉じてるから、炎を凝縮しているのかな？　それに……………）

帰還指示もすっかり忘れ、インベントは手に力を籠める。確実に攻撃が決まるであろう方法を見出したからだ。炎を吐き出した直後、カウントダウンを開始するインベント。そして残り三秒のタイミングで落下し始める。

（近距離タイプの炎は……真上は有効範囲じゃない！）

『紅蓮蜥蜴《ファイアドレーク》』には探知能力があり気づかれないように攻撃することはできない。最も隙が大きい炎を発射した直後を狙うインベント。炎が爆発する中心に飛び込むように落下し――

「喰らえッ!!」

丸太を真下に落とす丸太ドライブ参式。現在の最大火力を『紅蓮蜥蜴《ファイアドレーク》』の額に叩き込む。

(む!?)

決まったと思った攻撃が幽壁《かくへき》に阻まれる。意識外の攻撃に対しては発動しない幽壁《かくへき》だが、『紅蓮蜥蜴《ファイアドレーク》』には探知能力があるため幽壁《かくへき》が発動したのだろう。結果、丸太は脳天に届かず、『紅蓮蜥蜴《ファイアドレーク》』の頭の皮を多少削るだけで最後は地面に突き刺さった。丸太の音、そして『紅蓮蜥蜴《ファイアドレーク》』が衝撃で地面に叩きつけられる音が混ざり、周囲に轟音が響き渡る。その場にいる誰にも、なにが起こったのか正確にはわからなかった。否――ノルド以外は。

「ククク、遅えよ。あんまり老人を働かせるんじゃやねえ」

ノルドは笑みを浮かべる。ここから反撃開始とばかりに気合を入れなおす。だが予想外の男は、さらに予想外の行動をとった。

インベントは上空へ。激昂した『紅蓮蜥蜴《ファイアドレーク》』は空に向け炎を放つ。難なく回避しつつ今度は地上へ。ノルドの横を通り過ぎつつインベントは笑顔で――

「少し時間稼ぎお願いします!」

そう言い残し、インベントはどこかへ飛び去ってしまった。呆けそうになるノルドだが、大きく息を吐き出した。

「まったく……意外性のある男だ。気軽に時間稼ぎとか言いやがってよ。ま、部下の期待には応えてやらねえとな」

ノルドは剣を鞘に納め、異様な前傾姿勢になり左手で地面に触れた。

「――駈歩《かけあし》」

砂煙が舞い、ノルドが両手を地面につき駆ける。ノルドが出せる最速の一歩手前。それでも『紅蓮蜥蜴《ファイアドレーク》』は反応している。範囲型の炎を準備しつつ待ち構えているのだ。

「――襲歩《しゅうほ》」

ノルドは左手ならぬ左前脚を使い、自分の最速スピードを出した。眼にも止まらぬ速さ。『紅蓮蜥蜴《ファイアドレーク》』は急いで炎を吐き出そうとする。

「――交叉襲歩《こうさしゅうほ》」

ノルドはトップスピードのまま斬りつけ、炎が放たれた時にはすでに遠ざかっていた。

(あ〜身体痛え)

【馬《エワズ》】の力を最大限発揮したスピード。そして【向上《ティワーズ》】の力を最大限発揮し軽やかな立ち回り。

(な、なんだよ？　この戦い……)

バンカースを含め、この場にいる全ての面々が茫然としていた。

五分後――。

ノルドと相対していた『紅蓮蜥蜴《ファイアドレーク》』が突如、明後日の方向を見た。そして上空に向けて炎を放つ。狙いは当然、インベントである。『紅蓮蜥蜴《ファイアドレーク》』にとって最も鬱陶しく、危険な存在。そんな忌むべき存在の帰還にすぐさま反応したのだ。炎を回避しつつ、インベントはノルドの近くの木の枝に止まる。ノルドは見上げ、そして問う。

「どうする!?　インベント！」

それに対しインベントは――

「いつも通りでいきましょう！」

「は？」

ノルドはぽかんと口を開く。それはノルド以外の面々も同じことを思っていた。『いつも通り』ってなんだよ？　と。大物狩りは年に一度あるかないか、更に初参加のインベントに『いつも通り』などあるはずがない。インベントはもう一度「いつも通りですよ。俺たちの」と言った。ノルドは納得し鼻で笑う。そして剣を構えた。

「了解……大将。いつも通りだな」

ふたりの目線は『紅蓮蜥蜴《ファイアドレーク》』に向けられた。そして作戦開始の合図は、『紅蓮蜥蜴《ファイアドレーク》』が放つ炎。インベントに向け放たれた炎をインベントは華麗に回避する。ノルドはもう走り出していた。超前傾姿勢で一気に距離を詰め、斬撃と移動を繰り返す。

「オラアアア！」

そして最後に大きく振りかぶった一撃が、『紅蓮蜥蜴《ファイアドレーク》』の左脇腹を掻っ捌く。左のノルドに対応しようとする『紅蓮蜥蜴《ファイアドレーク》』だが、右からやってくるインベントを無視することができない。『紅蓮蜥蜴《ファイアドレーク》』は炎をインベントに向け放つ。『紅蓮蜥蜴《ファイアドレーク》』からは炎がインベントに直撃したかのように見えた。だが絶妙なタイミングで回避。続けて、盾だけ持って接近してくるインベント。『紅蓮蜥蜴《ファイアドレーク》』は振り上げた前肢を思い切り叩きつけた。今度は当たった。そう思う『紅蓮蜥蜴《ファイアドレーク》』。

「――縮地」

インベントは完璧なタイミングで回避。だが攻撃が成功したに違いないと思い込んでいる『紅蓮蜥蜴《ファイアドレーク》』。探知能力を有する『紅蓮蜥蜴《ファイアドレーク》』だが、いわば心の死角に入り込んだインベント。

「弐式！」

まるで地面から丸太が生えるかのように、丸太ドライブ弐式が『紅蓮蜥蜴《ファイアドレーク》』の頭部を跳ね上げる。

「参式！」

跳ね上げた頭部を今度は上から下へ叩き落す。そのままインベントはふわりと上空へ。

「ガ……グアアア!!」

『紅蓮蜥蜴《ファイアドレーク》』の初めての咆哮。この瞬間もノルドが攻撃を続けているが、『紅蓮蜥蜴《ファイアドレーク》』の瞳に映るのはインベントただひとり。全ての怒りを炎に変え、放とうとする『紅蓮蜥蜴《ファイアドレーク》』。だが、炎が出ない。

『紅蓮蜥蜴《ファイアドレーク》』はなぜ炎がでないのかわからない。実は炎が出なくなったのではなく、口が開かなくなっていることにまだ気付いていない。

「うふふ……拘束完了」

『紅蓮蜥蜴《ファイアドレーク》』の口は太い縄で縛ったかのように閉ざされていた。縄は縄でも実際の縄ではない。

「ふふ、ふふふ、おほほほほほ！」

そこにはノルド隊の三人目、ロゼ・サグラメントが。【束縛《ニイド》】の触手で『紅蓮蜥蜴《ファイアドレーク》』の口を縛り上げていた。『紅蓮蜥蜴《ファイアドレーク》』の炎は口の形状によって、近距離と遠距離を切り替えている。そこに気付いたインベントは、口を縛り上げてしまえば炎を封じることができると考えた。先刻、インベントは適任者であるロゼを呼びに行っていたのだ。

「ハッ！　遅いぞロゼ」

「ふふ、隊長。そう言わないでくださいな。いきなり呼び出されて、『口を封じて』なんて言われても戸惑います」

ノルドは不満げに話しかけるが、表情は明るい。

(な、なんでロゼがここに？)

逆にバンカースは事態を理解できていない。インベントに続き、新人であるロゼまで参戦する状況に頭が追い付かない。

ノルドが「バンカース！」と叫ぶ。ハッとするバンカース。

「炎は封じたぞ！」

バンカースの脳に血液が回り始めた。

「ぜ、全体！　総攻撃だ！」

だが長時間待機していた面々は、号令を受けても中々動き出せない。

「続けええ！」

そんなことはお構いなしにバンカースは駆けだした。

「おっりゃあ！」

肉を削り鮮血が舞う。傷口は生き物のように再生していくが、再生速度は明らかに遅くなっている。『紅蓮蜥蜴《ファイアドレーク》』も長時間の戦闘で疲弊しているに違いなかった。隊員たちが総隊長に続く。多勢に無勢。自慢の炎も封じられ、危険なのは振り回している尾のみ。大物狩りの面々はこれまでのフラストレーションを解き放つかのように攻撃を繰り出し続けていた。インベントも攻撃に加わろうとするが――

「ぐうううううう！」

『紅蓮蜥蜴《ファイアドレーク》』は口を縛り上げている触手をなんとか振りほどこうとあがく。【束縛《ニイド》】のルーンを最大出力で使用し必死に抑えつけるロゼ。

（これは……マズいですわね）

『紅蓮蜥蜴《ファイアドレーク》』は首を大きく振り始めた。この瞬間も隊員たちは身体を斬り刻んでいるが、それよりも口の拘束をどうにかしたがっている。そして少しだけ口に隙間が生まれた。人間でいえばおちょぼ口のような状況に。

次の瞬間、一筋の閃光が放たれた。青い空に向けて青白い炎が一本の線となって放たれたのだ。

(あ、あんなモノを喰らったら即死ですわ……)

炎を封じることがどれだけ重要な仕事なのか肌で体感したロゼ。

(うは！　光線！　すっげー！)

だが、偶発的ながら形状の変化した炎を見てインベントは暢気《のんき》にも興奮していた。と同時に、自分のなすべきことを考える。

(攻撃は任せておけば良さそう。となるとロゼの手伝いかな？　でもなあ、俺は触手出せないし)

そうこうしている内にもロゼの幽力は減っていく。頭痛と倦怠感でロゼは視界がぼやけだしていく。

「ぐうう、くううう！」

徐々に弱まる縛る力。

『紅蓮蜥蜴《ファイアドレーク》』は頭を動かすのも困難なレベルだった状態から、口は開けないが頭は動かせるようになっている。つまり、前肢に力を入れ踏ん張らなくてもよくなった。ここぞとばかりに左前肢を振りかぶる。

(ま、まっまま、まずいですわ！　か、回避。でも炎を封じないと……でも回避しないと、死んじゃう！)

炎を防ぐ使命感と、命の危機に右往左往。だが『紅蓮蜥蜴《ファイアドレーク》』の左前肢が衝撃とともに大きくバウンドした。

（丸太ドライブ参式！）

インベントが落下しつつ丸太を叩き込んだのだ。ただ急だったため、直撃させることには至らない。

「くそ、ちょっとズレた」

「い、インベント」

『紅蓮蜥蜴《ファイアドレーク》』は全身をジタバタと暴れだす。

「追い込まれて行動パターンが変わったみたいだね。かなりダメージを負っているし暴走状態になったのかな？　ハハ、ハハハ」

『理想郷《イングワズ》』では勝利目前でモンスターの行動パターンが変わるケースが多いが、その中でもボスモンスターは特に攻撃が熾烈になる。理不尽な広範囲攻撃や初見では回避不可能な大技など。そしてオーラを纏ったり、瞳の色が変わるなど目に見えた変化を伴う。それをインベントは暴走状態と呼んでいる。

『紅蓮蜥蜴《ファイアドレーク》』が暴走状態に入ったと思い、インベントは興奮と緊張が織り交ざった精神状態に。『紅蓮蜥蜴《ファイアドレーク》』が『理想郷《イングワズ》』のモンスターのように暴走状態になったことを嬉しく思う反面、暴走状態のボスモンスターが危険極まりないことは誰よりも知っているからだ。

(最後の最後に発狂技で全滅なんてよくあることだからね！)

ロゼと『紅蓮蜥蜴《ファイアドレーク》』の間に立ち身構えるインベント。ダメージが蓄積し一見して弱り始めているようにも見えるが、インベントは『紅蓮蜥蜴《ファイアドレーク》』から発せられる圧力がこれまでよりもずっと増していることを感じていた。それは暴走状態になったからだけではなく、『紅蓮蜥蜴《ファイアドレーク》』のインベントに対しての苛立ちが最高潮に達したからでもある。

――ちょろちょろと動き回り、手から丸太を生やす奇怪な生物。

――新たに現れた触手女も鬱陶しいが、今度は触手女を護ろうとでも？

『紅蓮蜥蜴《ファイアドレーク》』は上半身を捻り、左前肢を振り上げた。

(なるほどね。前脚を使った連続攻撃かな？)

インベントの予想通りならばさほど怖い攻撃ではなかった。回避するのであればの話だが。

仮にインベントが回避すれば、後ろにいるロゼは死ぬだろう。見殺しにするか？　連れて逃げるか？　それとも――

「ロゼ」

「な、なにかしら？」

インベントはさらりと「俺が護るから」と言った。ロゼはどきりとして「え、あ、うん」と少し顔を赤らめた。

(ちょ、ちょっとカッコいいじゃない。でも……護る？　ガードしてくれるってこと？)

ロゼはインベントの実力を認めている。だが、インベントが守備をする想像がまったくできなかった。それでもロゼはインベントを信じたのだ。信じたもののやはり怖い。『紅蓮蜥蜴《ファイアドレーク》』の左前肢が迫る。あろうことかインベントは右手一本で受け止めようとした。

（あ、死んだ）

ロゼは死を覚悟した。ゆっくりと時間が流れ、コマ送りのようにシーンが進んでいく。インベントの右手と『紅蓮蜥蜴《ファイアドレーク》』の左前肢が触れ合う。——ロゼには触れ合ったように見えた。

次の瞬間、聞いたことのない鈍い音。そしてロゼは見た。インベントの右手に到達できない『紅蓮蜥蜴《ファイアドレーク》』の左前肢を。

（か、幽壁《かくへき》？　え？　神？　神なの？）

そして次の瞬間、黒い光線のようなものがインベントの掌から発射され『紅蓮蜥蜴《ファイアドレーク》』の左前肢を大きく吹き飛ばした。ロゼは「な、なにそれ？」と呟く。インベントは上手くいったので胸を撫でおろす。

「零式……成功！」

インベントが『紅蓮蜥蜴《ファイアドレーク》』の左前肢を吹き飛ばしたのは、丸太ドライブ零式。

丸太ドライブは壱式が真っすぐ丸太を飛ばし、弐式は地面から突き上げるように、そして参式は地面へ向けての攻撃。どれも丸太を使用した技だが零式は毛色の違う技。

技の起点は、ゲートから二〇センチメートル出した丸太の先端で、相手の攻撃を受けること。

攻撃を受ければ丸太は収納空間に押し戻される。だがインベントは攻撃を受けるまでの間に、つき出した丸太が収納されていた空間に砂袋を素早く移動させている。

結果、丸太は戻る場所を失う。戻る場所を失った丸太を無理やり収納しようとすれば反発力が発生する。それも、『紅蓮蜥蜴《ファイアドレーク》』の強力な攻撃を受けたことで、その威力に比例して強烈な反発力が発生するのだ。そう、ロゼが黒い光線のように見えたモノは、恐ろしい速さで発射された丸太である。

丸太ドライブ零式は、カウンター技なのだ。

「ふう！」

なぜ攻撃が吹き飛ばされたのか『紅蓮蜥蜴《ファイアドレーク》』はわからない。だが、それでも『紅蓮蜥蜴《ファイアドレーク》』の攻撃は止まらない。左が駄目なら右。右も駄目なら再度左。暴走状態に相応しい連続攻撃。インベントは丸太ドライブ零式で全て撃ち返していく。インベントの背後にいるロゼは驚いているのはもちろん、大物狩りメンバーもなにが起こっているのかわからず困惑している。

「す、すごい！　すごいわ！　インベント」

興奮するロゼ。だが——

「ま……ま……ま！」

「え？」

インベントは焦っていた。非常に焦っていた。なぜなら——

「ごめん！　丸太が切れる！」

丸太ドライブ零式は技の性質上、使用した丸太は遥か彼方へ飛んでいってしまう。だが、【器《ベオース》】の収納空間はサイズが決まっている。元々収納されていた丸太の本数は一五本。そして丸太の残数は、ラスト一本。

(どうしよう！　俺がここから離れれば、多分ロゼが死ぬ。だけどもう丸太は無い！　防げない！　どうすればいい!?　なにが正解だ!?)

考える時間が足りない。

「くそ！　零式！」

最後の丸太で、『紅蓮蜥蜴《ファイアドレーク》』の攻撃を弾き飛ばす。インベントは『紅蓮蜥蜴《ファイアドレーク》』の瞳を見る。真っ黒な無機質な瞳だが、明らかに怒りが見える。その怒りの矛先は誰か？　インベントは初心に帰る。インベントの本日の役割は？

(そうだ。——俺は囮だ)

インベントは振り向き、ロゼを見る。右手で右方向を指差す。

「拘束を解いて逃げろ！」

端的な指示。だが有無を言わせぬ迫力がインベントにはあった。ロゼはただ頷き、インベントの指示通り触手を仕舞い、右方向へ走り出す。逆にインベントは左後方へ飛んだ。

(憎しみは俺に向いているはずだ。俺を狙え。俺を！)

先刻まで忌々しい触手で縛っていたロゼや、この瞬間も攻撃を続けている大物狩りメンバーがいる。だがそれでも、『紅蓮蜥蜴《ファイアドレーク》』はインベントを狙ってくると予測した。その予測は的中する。

(近距離型の炎は有効範囲は五メートル程度。この距離なら遠距離型に違いない)

これまた予測通り。予備動作も完璧に把握している。炎がインベントに到達する時間も把握している。後はタイミングよく『縮地』を使い避けるだけ。全てが予測通り。だがひとつだけ予想外の事象が発生した。

炎がインベントの真横を通り抜けていく。——はずだった。

(——『縮地』！)

「え!?」

炎を放てなかった苛立ちや、インベントに対しての怒り。そんな強い想いが、炎を大きくしていた。直撃はしないものの、炎の端に触れてしまうインベント。

(あ……これはまずい……)

ごっそりと身体からなにかが抜け落ちていく。インベントは立っていられず、糸が切れた人形のようにへたり込んだ。

「ハア……ハア……しくじったな」

インベントの異常事態に気付いたのはロゼとノルドだけ。駆けつけようとするふたりだが——無慈悲にも『紅蓮蜥蜴《ファイアドレーク》』は炎を再度放とうとしていた。絶望のインターバル、一〇秒間。

ロゼは再度触手で縛ろうと試みる。ノルドは駆け寄り『紅蓮蜥蜴《ファイアドレーク》』の眼球をぶっ刺した。本来ならば幽壁《かくへき》が発生するはずのノルドの攻撃だが、綺麗に剣が突き刺さる。『紅蓮蜥蜴《ファイアドレーク》』ももう限界なのだ。すでに助からないレベルで攻撃を受けており、幽力も尽きている。最後の力を振り絞り放つ炎は、死なば諸共、憎きインベントを葬るために。

「インベント！」

「インベント！」

阻止することはできず放たれてしまった炎。インベントは迫りくる炎を見ながら笑みを浮かべる。

（くそ……どうにでもなれ）

インベントは炎に飲み込まれた。

最期の炎を放った後、『紅蓮蜥蜴《ファイアドレーク》』は静かに地面に伏せてしまった。あまりにも呆気ない幕切れ。念のため完全に死亡したかの確認作業に入っていた。大きければ大きいほど生命力は凄まじいので、死んだふりの可能性はなきにしも非ずだからである。

「よ〜し……討伐完了だ！」

バンカースは『紅蓮蜥蜴《ファイアドレーク》』の死亡確認が完了し、勝鬨《かちどき》を上げた。周囲からは歓声が響く。だがその歓声の渦の中にノルド隊の三人はいない。二度の炎を受けたインベント。

インベントは膝を抱え丸まった状態だった。外傷はないが、一度受けただけで死亡する炎を二度も喰らっている。

「そんな……嘘よ」

ロゼは崩れ落ち、涙を流した。

「……チッ」

ノルドは歯軋りをし、首を振る。地面を正面に丸まっていたインベントだが横に転がる。そして抱えていた膝から自然と手が離れた。嘘のように綺麗な死体。

――かと思いきや、まだ息がある。か細いながらも呼吸をしていた。

（あれ？）

一度ならず二度も炎を受けたインベント。一度目は直撃ではなかったが、身体の自由を奪われた。二度目の炎は間違いなく直撃コースだった。

そんな中、インベントは身体の自由が奪われている中でなんとか身体を丸めた。それは、表面積をできるだけ小さくするため。そして僅かな望みに賭けて、ゲートシールドを発動していた。だがゲートの大きさは直径三〇センチメートル。身体を丸めたところで全てを防ぐことはできない。それでも、なんとかインベントを即死の危機から救ったのだ。

「――――！　――――！　――――！」

（誰かの声が聞こえる。すごく焦っているけど……誰だろうか？）

朦朧とする意識の中、誰かの声が聞こえる。だが、その声に聞き覚えはなかった。

「インベント!?　ねえ！　生きているの!?」

今度は違う声が聞こえた。

(あ、これはロゼだ)

涙交じりのロゼの声。手を握ってくれている感触。

「お、おい。大丈夫なのか？」

(これはノルドさんか)

インベントは返事しようと試みるが、上手く声が出ない。インベントは身体中の各所から、色々と漏れていっている感覚を覚える。部屋の天井や壁に穴が増えていき、雨風を防げなくなっているような感覚。

(俺……死ぬのかな？　あれ？)

だが、増えていく穴だが、塞がっていく穴もある。倒壊寸前かと思われた部屋が、いつの間にか壊れない程度の状態に。

「あ、あ……」

「イ、インベント!?」

「だ、ふぁいふょうふ」

「え!?」

「だい、だいしょうぶ」

ノルドが「大丈夫って言ってんじゃねえのか？」と言う。インベントは小さく頷いた。

「よ、よかったわ！」

抱きしめられる感覚。ロゼの温もりが伝わってくる。

「よし、とにかく急いで医療班のところまで連れて行くぞ」

インベントはそのまま微睡の中へ。遠くに聞こえる歓声。『紅蓮蜥蜴《ファイアドレーク》』狩りが成功に終わったのだなとインベントは安堵した。だが、意識が途絶える直前。歓声が淀んでいくように感じた。歓声の色が黄色だとすれば、徐々に黄土色になっていくような。

全滅してもおかしくないほどの強さだった『紅蓮蜥蜴《ファイアドレーク》』を、少ない犠牲者で討伐完了した。

喜びはひとしお。皆、達成感に満たされていた。心も体も弛緩している。そんな中――

『紅蓮蜥蜴《ファイアドレーク》』と同等のサイズの濃紺の蜥蜴《ドレーク》が現れた。

2巻に続く

書き下ろしエピソード

探り合いのガールズトーク

「ふぃ〜、今日も良く働いた。は〜かったる〜い」

武器倉庫にて、大きく伸びをする自称超働き者のアイナ。一日の中で最も機敏に動き、さっさと戸締りをして帰ろうとしたその時——

「ご、ごめんくださいまし」

肩で息をしながらロゼが武器倉庫の中へ。アイナは「本日は閉店しました！」と言おうとしたのだが、急いでやってきた新人を無下にするわけにもいかず——

「へいへい、ご用件は？」

ロゼはいそいそと腰に装備していた剣を取り外す。

「その——代えの剣が欲しくて……できればすぐに」

アイナは剣を受け取り「すぐ？」と首を傾げる。

「ええ。明日も出動しますのですぐに剣が欲しくて……。というか明後日も……明々後日も……」

アイナはぽんと手を打つ。

「あ〜、そういやインベントが『ロゼが入隊したんだよ〜』とか嬉しそうに言ってたな」

「え、ええ。そうですわ。本日で十日目です」

「へ～、アタシはよく知らないんだけどインベントのいる隊って休み無しなんだって？」

「そうですわね。少なくとも十日連続で出動してますわ」

アイナが苦虫を嚙み潰したような顔をして――

「信じられね～。なんでそんな隊に入ったんだ？」

「え？」

アイナはロゼがノルド隊に入った経緯を知らない。ロゼがノルド隊に入った理由は、インベントとの二度目の模擬戦で敗北したからである。

（ノルド隊長に『負けたら隊に入れ』って言われて、ホイホイ誘いに乗ったあげく完膚なきまで負けてしまったからなんですけど……。そ、それは内緒にしてますの！）

インベントに負けたことをロゼは認めているが、悔しいことは悔しいのだ。そしてそんな悔しい敗北を話したくないのである。

「まあその……成り行きですわ」

「ほ～ん、そっかそっか」

ロゼは誤魔化したのだが、アイナはさして興味を示さない。ロゼから受け取った剣を「うへ～重いな」と言いながら修理用の樽に入れた。

「ま、剣だったら好きなの持っていきなよ、そっちにあるから」

「ありがとうございます」

椅子に腰かけるアイナ。目を閉じてふとノルド隊のことを考える。と言ってもアイナとノルドはほとんど接点がない。朧げな顔しか浮かんでこない。

(なんだっけな、たしか隊長はノルドって人だな。四〇近い人だった気がするが……剣はかなりの達人だったな。そこにインベントとロゼか。むむ、むむむ?)

ノルド、インベント、そしてロゼが並び立つ絵を想像するアイナ。そして吹き出すように笑う。

「くふふ、なあなあロゼさんよう」

剣を探すロゼは振り返り――

「あら、なんでしょう? あ、呼び捨てで構いませんわよ」

「あ、そう? じゃあロゼ。なんかさ~ノルド隊ってさ、お父さんと子どもふたりみたいだよな」

「え?」

「ベテラン隊長に新人がふたりだろ。な~んか親子みたいだな」

「や、止めてください。隊長と親子なんて……それよりもインベントと姉弟なんて絶対に嫌ですわ」

アイナは「ニシシ」と笑った後――

「でもまあ新人が同じ部隊に配属されるのってあんまりないんだよね~。あ~アイレドだとどうか知らんけど」

「あら? そうなんですの?」

「ほら、浮ついちゃうっていうか。特に男女だとさ〜イチャイチャしちゃったりなんかしたりしてさ。実はインベントともイイ〜感じだったり？」

ロゼは「それはあり得ませんわ」と真顔で言う。

「ふ〜ん、そうなの？」

「私、恋愛に興味ありませんもの。そんなことより……もっと強くならないと」

アイナは「はは、そっか」と素っ気なく応えるが——

「それに私、全ッ然インベントのことがタイプじゃありませんの！　なにを考えているかよくわかりませんし、頼りがいもない。それにあんなに痩せていて心配になるぐらいですわ！　なのに——」

ロゼは「あんなに強い」という言葉を飲み込んだ。

ノルド隊で一〇日間が経過したがインベントの底が知れずにいた。ロゼの脳裏には、模擬戦でのインベントは手を抜いていたのではないかと思うほど活き活きとモンスターを狩るインベントの姿。

(色恋なんてしてる場合じゃありませんわ。同期にまさかあんな得体の知れない男がいるなんて……。より一層努力しなくては！)

ロゼは沸々と闘志を燃やしながら、剣を選んだ。

「これにしますわ」

「ほ〜い。んじゃ台帳に記入して」

台帳に記帳するロゼ。ふとインベントと話した内容が脳裏によぎる。あまり会話をしないロゼとインベントだが数少ない会話の中で出てきた名前。それは――

「えっと、アイナさん……でしたっけ？」

「ほ？　あれ？」

「ふふ、インベントが何度か話題にしてましたので」

「あ～、そゆことね」

記帳を終えたロゼは笑みを浮かべ――

「アイナさんこそインベントと仲が良いみたいですね」

と、先程のお返しとばかりに言う。

「ん？　アタシとアイツが？　いや普通だろ」

「ですがインベントからアイナさん以外の女性の名前って聞いたことがありませんわ」

「へ、そうなの？」

「はい。そうですわ……思い返してみたらアイナさんのことばかり話題に出している気がしますわ！」

ロゼは少し思い違いをしている。インベントは確かにアイナのことを数回話題にしているが、正確に言えばアイナ以外の誰のことも話していないのだ。

ロゼが「ノルド隊の前はどこに？」と聞いても「誰だっけ……忘れちゃった」と答えるインベント。

一日だけだったオイルマン隊はともかくマクマ隊でさえもすでに過去の記憶。常に未来志向――というよりもモンスター志向のインベントはどうでもいいことはすぐに忘れていく。それゆえ、アイナのことしか話題にしないのではなく、アイナぐらいしか名前を憶えている人物がいないのだ。

「おほほ、実はアイナさんこそインベントといい感じなのでは？」

アイナは鼻で笑う。

「まあ確かに、アイツはアタシの大人の魅力にメロメロなのかもしれねえな」

ロゼは「大人の……魅力」と呟く。アイナ自身も大人の魅力とは程遠い存在であることは理解しているので、自虐的に――

「これでもアタシはアンタたちよりも三歳もお姉さんなんだぞ。ま、ロゼのほうがデカイけどさ。いろいろなトコが」

ロゼは斜に構え「オジサンみたいな発言ですわ」と注意した。

「シシシ、ま、インベントがアタシにゾッコンだとは思わねえけどさ、話しやすいんだろ、多分」

「話しやすい？」

「ロゼはまだ駐屯地勤務の日が浅いから知らないかもしれないけどさ、駐屯地っていきなり新人が配属されたりしないんだよ。だからインベントと同期はいないし年が近いやつも少ない」

「確かにそうかもしれませんね」

アイレド森林警備隊の駐屯地は町から馬車で半日程度。基本駐屯地内の宿舎で暮らすことになる。

「なんで新人が駐屯地勤務になったか知らねえけどさ、アタシみたいなフラフラしているヤツが話しやすかったんじゃねえの？　アタシも新人みたいなもんだし」

「新人みたいなもの？」

「アタシはまだアイレド森林警備隊に入って一年経ってねえんだよ。だ～からまあ新人みたいなもん。もともとアイレドの人間でも無えしな～」

「あら、そうでしたの――ん？」

ロゼはアイナの出身が気になり首を捻るが、アイナはいち早くロゼの心情を察し――

「おっと！　もう今日は店じまいだ！　さっさと宿舎に戻ろうぜ！」

強引に話を切り上げるアイナ。アイナは自身の過去を語る気はないからだ。

「あ、そうですわね」

「そうだ、ついでだからこれも持ってけ」

アイナは剣を一本手渡した。

「どうせ休みも無いんだし、予備に一本持ってるほうがいいだろ？　ちょっと軽いけど……本来はその重量だろ？」

「え？　まあ……確かに」

ロゼは意図的に重い剣を使用している。武器の破壊力を上げるためである。アイナから受け取った剣は背伸びしていないロゼにぴったりの一品だった。その後足早に武器倉庫から出たふたり。

「それじゃ〜な、頑張り過ぎんなよ〜」

「あ、はい。ありがとうございます」

そそくさと去っていくアイナを見ながら、ロゼは剣の具合を確かめる。

(う〜ん……使いやすいですわ。でもどうして少し重い剣を使っていることを知っていたのかしら？　インベントから聞いた？　いえ、インベントにそんなことわかるわけないですわね。帰りましょう)

ロゼが見えなくなる位置まで移動したアイナ。

(あぶねあぶね、出身の話なんてする気ないんだっての、かったる〜い。しっかしあれだな〜、ないとは思うけどインベントのやつに告白とかされちまったら面倒だな〜。いや〜モテる女はつらいつらい)

「ふふん」といい女を装うアイナだが、すぐに真顔になった。

(絶対に違うんだよな。インベントはアタシのことを恋愛対象として見てねえよ。な〜んか可愛がってる小鳥みたいな目で見てる気がする。ったく)

アイナの予想は概ね正しい。小鳥ではなく猫人族《ネコさん》としてだが。アイナは大きく息を吐いた。

(いやはや夢に向かって突き進む若者は素晴らしいねえ。ま、ロゼもインベントも頑張ってくれや。アタシみたいな落伍者はひっそりと生きていきますよ)

「ノルド隊に乾杯〜、な〜んてな」

この時は誰も知らない。

ノルド隊が長く続かないことも、インベントとロゼが大きく道を違えていくことも。

そして——誰よりも平穏と自堕落な生活を望むアイナが、知らず知らずのうちに巨大な渦に巻き込まれてしまうことも——まだ誰も知らない。

END

あとがき

読者の皆さまへ

本書を手に取っていただき誠にありがとうございます。

本作は第4回のキネティックノベル大賞で優秀賞をいただき、書籍化の運びとなりました。現在も「小説家になろう」にて連載中ですが、書籍化にあたり大幅な加筆修正を行っており、「小説家になろう」で読んでいただいている方にも楽しんでいただける作品に仕上がったと思います。

この小説は貧弱な主人公の成長譚ですが、ご都合主義は排除したいと思って書き始めました。ですので、のちに「実は由緒正しい血統でした」、「勇者の生まれ変わり」、「チート能力を持っていました」なんて展開にはなりません。その点はご安心ください。

ゲームの夢を見る主人公がどのように成長するのか？　はたまた歪んでいくのか？　楽しんでいただけると幸いです。

また書籍化にあたりご尽力いただいた豊泉様、黛様、吉田様には感謝してもしきれません。

設定を理解していただいた上で、幅広い提案や質の高い助言をたくさんいただきました。修正作業に四苦八苦したのも事実ですが、素晴らしい作品に仕上がったのは皆様のおかげです。

恩返しではないですが、キネティックノベルを盛り上げる一助になればと思っております。

またイラストレーターの、もりのみのり様にはこちらの要望に柔軟に対応いただき、かつ想像以上のクオリティで仕上げてくださり大変感謝しております。鮮明に覚えているのが、初めて挿絵を見せていただいた際は「これもうマンガやん……」と思わず呟いてしまいました。

最後に、読者の皆さまの応援のおかげでここまでたどり着くことができました。これからも皆さまに楽しんでいただける作品をお届けできるよう頑張ります。どうぞよろしくお願いいたします。

それではあとがき以上とさせていただきます。

２０２４年６月　森たん

【収納《ITEM》空間《BOX》】を極める男
～俺はモンスターを狩りたいだけなのにぃ！～

Kinetic Novels

キネティックノベルス

【収《しゅう》納《のう》空《くう》間《かん》】を極《きわ》める男《おとこ》 1

～俺《おれ》はモンスターを狩《か》りたいだけなのにぃ！～

2024年 6月28日 初版第１刷 発行

■著　　者　　森たん
■イラスト　　もりのみのり

発行人：天雲玄樹（ビジュアルアーツ）
編集人：豊泉香城（ビジュアルアーツ）
企　画：キネティックノベル大賞
編　集：黛宏和（パラダイム）
　　　　吉田美幸

発行元：株式会社ビジュアルアーツ
〒531-0073
大阪府大阪市北区本庄西2-12-16 VA第一ビル
TEL 06-6377-3388

発売元：株式会社パラダイム
〒166-0004
東京都杉並区阿佐谷南1-36-4 三幸ビル4A
TEL 03-5306-6921

印刷所：中央精版印刷株式会社

ISBN978-4-8015-2506-1　　Kinetic Novels 006

二〇二四年 夏
キネティックノベルス
本格始動！
受賞作を、年内ゾクゾク刊行予定
いまこそ個性が選考基準！
独自ラインナップで
新しい面白さをお届けです★
（受賞時のタイトルです。）
8月発行予定
戦隊ヒロインのこよみさんは、
いつもごはんを邪魔される！（仮）
著：サンボン 画：濱田麻里
愛情あふれる
ほかほかごはん！
怪人なんかに邪魔させない!!!
8月発行予定
TSロリサキュバスの
健全配信活動！（仮）
著：吉武止少 画：たん旦
現世と異世界を行き交いながら、ちょっぴりえっちな配信ハーレム！